Ein alter Rebell erinnert sich

Der verrückte Roman des noch nicht verrückten

Adolf H. Vonburg

Copyright: © 2019 Adolf H. Vonburg
Umschlag & Satz: Erik Kinting – www.buchlektorat.net

Verlag und Druck:
tredition GmbH
Halenreie 40-44
22359 Hamburg

978-3-7497-4533-3 (Paperback)
978-3-7497-4534-0 (Hardcover)
978-3-7497-4535-7 (e-Book)

Bibliografische Information der Deutschen Nationalbibliothek:
Die Deutsche Nationalbibliothek verzeichnet diese Publikation in
der Deutschen Nationalbibliografie; detaillierte bibliografische
Daten sind im Internet über http://dnb.d-nb.de abrufbar.

Inhalt

Der alte Alex sitzt eines Abends allein vor der Glotze, er blättert sich durch die etwa zweihundert spannenden Programme der europäischen Anbieter und stellt wie so oft fest: Werbung, nichts als Werbung. Dazwischen wie fast immer, je nach Sender, mehr oder weniger neue Tagesschauen, Reportagen über Velorennen, Fussball oder Tennis. Alex interessiert dies alles nicht, er findet alle Programme Scheisse. Er könnte ja alternativ einen Spaziergang in seine Stammbeiz machen, aber bei diesem regnerischen Sauwetter würde er sicherlich nass, er könnte sich sogar erkälten und er wäre ganz sicher der einzige Gast um diese Zeit. Im bequemen Sessel sitzen, die Beine auf dem Schemel hochlagern und zwischen kurzen Schlafminuten auf den Bildschirm starren ist heute sicher die beste Alternative. Er blättert nochmals die Programme von A bis Z durch und findet endlich einen interessanten Dokumentarfilm über das Leben von Pflanzen und Tieren. Es ist genau der Typ Film der ihn sicher einen ganzen Abend lang faszinieren kann. Alex holt sich ein Glas Rotwein und eine kleine Schale mit Salznüsschen. So ausgerüstet lehnt er sich entspannt in den Sessel zurück und freut sich auf den geretteten Abend.

Es ist unglaublich, was so ein Dokumentarfilm alles auslösen kann. Sein ganzes langes und zum Teil spannendes Leben lang wäre es ihm doch nie in den Sinn gekommen, ein Tagebuch zu führen und seine Erinnerungen, seine Gedanken und seine Erlebnisse schriftlich festzuhalten. Aber der Film hat im Kopf des alten Alex etwas ganz neues ausgelöst. Als „alter Sack" hat er jetzt Zeit und Lust, seine Gedanken und seine früheren Erlebnisse der Nachwelt zu hinterlassen. Viele in seinem Hirn gespeicherte negative und positive Lebensabschnitte erzählt er auf seine Art. Es ist die späte Abrechnung mit seiner bis heute gelebten Zeit. Es scheint, als wollte er mit einem Rundumschlag, bestehend aus Erzählung, Kritik und Erinnerung, seine Zeit im Geiste zurückholen und dann korrigiert und verbessert zurückgeben.

Mit diesen Geschichten möchte er aber kein chronologisches Tagebuch veröffentlichen. Im Gegenteil, er erzählt ganz einfach viele Erlebnisse aus seinem langen, spannenden Leben. die vielen Fragen die sich stellen, versucht er falls möglich, selber zu beantworten. Gewisse Antworten findet er im modernsten Lexikon, im unerschöpflichen „Google".

Die Natur funktioniert eigentlich logisch

Auf einem privaten, deutschen Fernsehkanal wurde eines Abends ein fantastischer Film über im Meer lebende Pflanzen und Tiere gezeigt. Zuerst sah man mikroskopisch kleine Einzeller, die sich ruckartige im Wasser bewegten, sich dann entzwei teilten und sich so vermehrten. Von diesen Lebewesen soll es scheinbar Hunderttausende von verschiedenen Arten geben und diese sind nach meinem Verständnis der Anfang des Lebens. Diese kleinsten Dinger entwickelten sich im Lauf der Jahrmillionen zu kleinen Pflanzen und dann zu Tierchen und später sogar zum Menschen. Schon ab diesem Zeitpunkt zeigte sich, dass sich das Leben immer zwischen zwei Punkten bewegt, zwischen dem Anfang, dem Start und dem Ende, dem Tod. Dies gilt für alle und alles, für Pflanzen, Tiere und Menschen.

Der Film zeigte auch, wie sich Pflanzen und Tiere verändern können und sich dadurch der Umgebung oder den Verhältnissen anpassen. Eindrücklich wurde gezeigt wie Fleisch fressende Pflanzen, zum Beispiel der Sonnentau, Praktiken entwickelt um die Insekten anzulocken, zu fangen, zu töten und dann zu verzehren. Da lockt zum Beispiel eine Pflanze mit Lockdüften bestimmte Tierchen auf ihre Blüte. Auf der Innenseite der Blütenblätter stehen viele feine, klebrige Härchen. Ein Insekt wird durch den lockenden Duft alarmiert, fliegt heran, setzt sich in diese Blüte und bleibt unwiderruflich hängen. Diese Blüte reagiert auf das Insekt, schliesst sich blitzschnell und fängt auf diese Art das Insekt ein. Die Pflanze entwickelt dann ein Verdauungssekret und schon bald ist vom Opfer nicht mehr viel übrig. Die Pflanze ist gesättigt, kann weiterleben und sich weiter entwickeln. Es ist das A und O des Lebens und der Evolution.

Nach neuesten Erkenntnissen können die Pflanzen sogar miteinander kommunizieren. Sie haben keine Ohren, hören aber scheinbar trotzdem Musik. Vor allem klassische Musik von Mozart mögen sie sehr. Hingegen scheinen sie Rock und Pop zu hassen, denn bei diesem organisierten Lärm stellen gewisse Pflanzen nach kurzer Zeit das Wachstum ein und beginnen dann sogar zu welken. Weinberge wurden sogar getestet, die eine Hälfte wurde aus sechzig Lautsprechern mit Musik von Mozart berieselt, die andere Hälfte wurde aus sechzig Lautsprechern mit Rock- und Popmusik beschallt. Das Resultat war verblüffend: mit Musik von Mozart wurden die Früchte grösser, besser und waren zwei Wochen vor den andern reif. Die andere Hälfte dagegen wuchs langsamer und die Grappen und Beeren waren viel kleiner und weniger süss. Was passiert eigentlich bei den heutigen Menschen? Was geht im Kopf ab beim Stunden lang dauernden Telefonieren, oder beim überlauten Beschallen mit Rockmusik? Vielleicht gibt es für dieses Verhalten und seine Folgen gelegentlich ebenfalls einen Test, und dieses Resultat wäre wahrscheinlich erschreckend!

Pflanzen haben keine Augen, merken aber trotzdem aus welcher Richtung die Sonne scheint und wohin sie sich deshalb orientieren müssen. Auf einem Sonnenblumenfeld stehen tausende von blühenden Pflanzen. Am Morgen früh, wenn die Sonne im Osten aufgeht, drehen sich alle Blüten nach Osten, am Abend dagegen, wenn die Sonne langsam im Westen verschwindet, zeigen alle Blüten nach Westen. Pflanzen erkennen sogar ihre Schädlinge, sie wehren sich selbstständig gegen sie indem sie Duftstoffe ausstossen. Mit diesen locken sie die Feinde dieser Pflanzenschädlinge an. So werden schädliche Raupen, die innert kurzer Zeit das Blattwerk wegfressen würden, durch eine Wespenart gestochen und gehen dann ein. Mit chemischen Mitteln könnten die Schädlinge allerdings schneller vernichtet werden, aber diese Chemikalien vernichten ebenfalls die Nützlinge. Fazit der ganzen Geschichte: Tiere und Pflanzen wehren sich alle selbst, sogar ohne Hilfe des Menschen, gegen ihre Feinde. Das letzte Glied der Kette, der Mensch, hat eigentlich keine echten Feinde mehr in der Natur. Darum sucht er sie unter seinesgleichen.

Leider sah Alex nicht den ganzen Film, denn irgendwann landete er im Land der Träume und verpasste den Rest des Programms.

Es ist morgens um vier Uhr. Gestern fiel er schon um neun Uhr todmüde ins Bett, schlief sofort ein und erwachte deshalb heute um diese ungewöhnlich frühe Zeit. Sein Gehirn kommt langsam auf Betriebstemperatur und beginnt zu arbeiten, Erinnerungen werden wach. Wie war das schon gestern Abend mit dem interessanten Film über die Entstehung des Lebens? Fand dieser wahnsinnige Zyklus eigentlich nur ein einziges Mal statt, oder wiederholte sich dieses Ereignis schon mehrmals in den letzten vielen millionen oder sogar milliarden Jahren, und dies vielleicht sogar ohne Spuren zu hinterlassen? Diese Frage hat ihn schon oft beschäftigt, aber eine Lösung hat er noch nicht gefunden. Eigentlich könnte es ihm egal sein, aber als „alter Sack" hat er ja viel Zeit und deshalb versucht er auch heute wieder einmal seine absurden Gedanken ein wenig zu ordnen und wenn möglich später, im Lauf des Tages, aufzuschreiben.

Den Wissenschaftlern und Forschern überlässt er die Theorien über die Entstehung der Erde. Die Zeit nach dem „Urchlapf" stellt viele Fragen und gibt ihm genügend zu denken. Die Theorie der Wissenschaft lautet ganz anders als die Theorie der Kirche. Eines ist sicher: Die Erde brauchte unzählige Millionen von Jahren um so auszusehen wie heute, die überlieferten sieben Tage, wie die Bibel behauptet, reichten dazu nicht aus. Pflanzen und Tiere und schon die ersten und kleinsten Lebewesen, leben, verändern und entwickeln sich seit jener Zeit immer weiter. Gestern hörte Alex im Radio, dass in Peru ein fossiler, also ein versteinerter Wal mit vier Füssen entdeckt wurde. Dieses Tier lebte wahrscheinlich zuerst im Meer, emigrierte dann im Lauf von einigen hundert Millionen Jahren aufs Festland, dort passte es sich langsam an, es wuchsen ihm Beine und Füsse, es konnte gehen und wurde zum Landtier. Warum ging es aber einige Jahrmillionen später wieder zurück ins Meer? Für ein paar Forscher wird die Untersuchung des Lebens dieses Wals eine lebenslange Tätigkeit sein. Vielleicht zeigt sich einmal ein Resultat, oder vielleicht geht unterdessen die Welt wieder einmal unter. Ein neuer „Von-Däniken" findet dann mit Hilfe seiner „Ausserirdischen" vielleicht die Lösung zu diesem Problem.

Und schon taucht die erste Frage auf: wieso und vor allem wozu leben wir hier auf der Erde? Die klare Antwort kann er beim besten Willen nirgends finden, nicht einmal in seinem modernen Nachschlagewerk, dem Google, findet er die Lösung. Deshalb gibt er die Suche danach auf und versucht die Lösung in seinem Kopf nach seinem Verständnis zu finden oder zurecht zu basteln.

Vor ein paar Jahren diskutierte er mit ein paar Studienkollegen über den Sinn des Lebens. Dem einen, er war ein überzeugter Katholik, stellte er im Lauf des Abends unter anderem die folgende Frage: „Wenn Gott schon so allmächtig, gut und gnädig ist, warum macht er dann nicht einfach Frieden auf dieser schönen Erde? Warum lässt er Kriege, Hungersnöte und Unglücke zu, warum hat er damals nicht einfach einen friedlichen und perfekten Menschen erschaffen? das wäre für ihn doch kein Problem gewesen!"

Die Antwort kam schnell und überzeugt: „Das ist doch logisch, dies sind alles Prüfungen die der Mensch hier auf der Erde zu bestehen hat bevor er später einmal ins Paradies darf!"

Mit dieser Idee kann sich Alex nicht anfreunden, was soll dieser Quatsch? Ein allmächtiger Gott und Schöpfer stellt doch nicht irgendwann aus irgendwas ein mehr schlecht als recht funktionierendes Produkt wie den Menschen her, um diesen dann anschliessend ohne Programm vegetieren und leben zu lassen. Er stellt seinem Produkt, eben dem Menschen, bei seiner Entwicklung nicht Probleme in den Weg, lässt diesen dann gegen die Wand laufen, und deklariert dies alles zuletzt als Test. Falls er diesen Test richtig erkennt und die Probleme nach der Idee des Schöpfers löst, darf er dann zu ihm ins Paradies. Wohin darf oder muss dann derjenige, der den Test nicht besteht? Er ist ja schliesslich auch ein Produkt des Schöpfers oder Herstellers. Da kann doch etwas nicht stimmen!

Spätestens hier ist sein Verstand am Ende und für ihn ist nur noch eines logisch: Dort wo das Wissen aufhört hilft vielen Menschen der Glaube weiter.

Glauben ist nicht gleich Wissen!

Es liegt in der Natur des Menschen alles zu hinterfragen, nach dem Grund zu suchen und zu forschen. Es werden oft Beweise für die Behauptungen gefunden, aber ebenso oft bleiben die Fragen unbeantwortet. Auch Alex fand selten eine glaubwürdige Antwort zu seinen Fragen „warum, wieso und wie entstand unsere Erde". Dies sind doch für viele Menschen, auch für ihn, einige brennende Fragen. Die klare Antwort dazu fand er leider nirgends. Er glaubt, es passierte nach seinem Verständnis und stark vereinfacht ausgedrückt, etwa so: Zuallererst fand der Urknall statt. Und schon stellte sich die nächste Frage: Wer oder was war der Grund oder der Anlass für dieses Ereignis? Irgendwer oder Irgendwas muss doch den Anstoss dazu gegeben haben. Nun, diese Frage dürfte wohl nie beantwortet werden weil es dazu keine Antwort zu finden gibt.

Mit dem Urknall wurde die Erde vor Urzeiten, nebst andern Stücken, als kleiner Teil von der grossen Masse eines riesigen Sterns abgesprengt. Diese glühend heissen Teile kühlten sich im Laufe einer unendlich langen Zeit ab. Zuerst erfolgte die langsame, Millionen von Jahren dauernde, äussere Abkühlung und die ist heute noch im Gang. Es bildete sich eine feste Kruste, der Kern blieb aber heiss und flüssig. Langsam entstand auf der Oberfläche ein Umfeld, auf dem mit der Zeit Leben möglich war.

Als erste Lebenszeichen bildeten sich die Einzeller. Es gibt heute lt. Google ca 40'000 bekannte Arten und diese vermehren sich durch Zellteilung. Daraus bildeten sich nach langer Zeit die ersten Pflanzen, die ernährten sich aus Luft und Wasser, Licht war ebenfalls nötig. Sie produzierten Sauerstoff und gaben diesen an die Luft, an die Atmosphäre ab.

Dank der entstandenen Atmosphäre konnten sich die Tiere bilden. Diese benötigten die Pflanzen zum Fressen und die Luft zum Atmen. Pflanzen und Tiere vermehrten sich nicht mehr durch Zellteilung sondern durch Zellvereinigung. Aus der Weiterentwicklung der Tiere entstand schlussendlich der Urmensch. Dieser entwickelte sich weiter bis heute, je nach Ansicht, zur Krönung der Entwicklung oder der Schöpfung.

Die Erde kühlte sich weiter ab, die Hülle zog sich zusammen, im Innern bildete sich dadurch ein Überdruck und dieser entlastete sich in Form von Vulkanen. Die kompakte Erdmasse wurde zerteilt, der innere Druck trieb die Stücke auseinander und die entstandenen fünf Erdteile blieben bis heute in Bewegung. Die Urmenschen und die Urtiere, die darauf lebten, verteilten sich so mit den Erdteilen, auf denen sie lebten und auf denen sie sich getrennt weiter entwickelten. Auf diese Art entstanden die verschiedenen Rassen mit ihren verschiedenen Kulturen und mit ihren verschiedenen Ansprüchen. Aber die Urinstinkte wie Fressen, Gebietsansprüche, Machtgelüste und später noch das Geld blieben bis heute im menschlichen Wesen erhalten. Die zusätzliche Intelligenz entwickelte sich ebenfalls, aber viel langsamer als der Rest des Menschen. Wäre dies anders und besser, hätten wir wahrscheinlich friedliche oder sogar paradiesische Zustände auf unserer schönen Erde.

Im Film sah Alex, wie sich die Lebewesen, jede Art auf seine Weise, ernähren. Der Film zeigte auch, wie sich gewisse Pflanzen einrichten, um gut und bequem an die Nahrung zu kommen. Alex sah eine Glockenblume, deren Blütentrichter nicht wie normal nach unten, sondern nach oben gerichtet war. Dieser Blütentrichter war innen mit einer glitschigen und für gewisse Insekten anziehend duftenden Masse befeuchtet. Wenn nun ein Insekt in den Trichter gelangt rutscht es unweigerlich in die Tiefe und ein Entkommen ist unmöglich. Die Glockenblume hat sich also auf intelligente Art angepasst, sie hat sich ganz auf ihr Überleben, also auf ihr Fressen an ihrem festen Standort eingestellt. In der Natur gilt immer dasselbe Prinzip: Die stärkeren versuchen die schwächeren zu fressen oder zu verdrängen. Es ist ein Kampf um den Platz und die Nährstoffe. Ein Gärtner erklärte ihm, dass zwei verschiedene Pflanzen in einem Topf sich gegenseitig auf Leben und Tod bekämpfen können. Bei ihm blühte im Wintergarten, in einem grossen Blumentopf, schon mehrere Jahre eine blaue Passionsblume. Diese Pflanze brauchte viel Licht und blühte das ganze Jahr, Sommer und Winter. Sie wuchs immer weiter, möglichst nach oben. Unten im Topf entstand dadurch viel leerer Platz. Um diesen zu füllen setzte Alex eine kräftige, rot blühende Pflanze dazu. Zunächst wuchsen beide schnell und blühten. Aber dann, nach drei Wochen, waren die Blätter der neuen Pflanze über Nacht erlahmt und erholten sich nicht mehr. Ein später wiederholter Versuch endete genau gleich. Die ältere, kräftigere Passionsblume hat also die jüngere und schwächere gekillt. Die Pflanzen sind scheinbar intelligent, sie gedeihen nur da, wo das Klima, der Boden, die Nahrung und das Licht stimmen. Sie verteidigen ihr Territorium wenn weitere Pflanzen in ihre Nähe kommen und ihnen den Boden streitig machen. Sie reagieren also beinahe menschlich. Aber eigentlich gelingt ihnen das nur, wenn sie sich anpassen. Das kann relativ kurze Zeit beanspruchen, es kann aber auch Jahrtausende dauern. Forscher haben entdeckt, dass sich die Pflanzen gegenseitig unterhalten und sich scheinbar durch ihr Verhalten verständigen können.

Die Tiere sind meistens etwas besser dran, sie können ihren Platz verlassen und versuchen einen besseren zu finden. In Afrika wandern riesige Herden von Gnus dorthin, wo sie Wasser und Nahrung finden. Die Raubtiere ziehen hinterher und erlegen zuerst kranke und geschwächte Tiere, die gesunden sind stark genug und können den Räubern entkommen und überleben. So entsteht eine natürliche Auslese, nur die gesunden und starken Tiere überleben. Die Könige der Tiere, die Löwen, sind sehr intelligente Tiere. Sie jagen selten allein sondern oft im Rudel, sie können auf diese Art ein Tier absondern und verfolgen bis es entkräftet den Raubtieren zum Opfer fällt.

Im Film wurde die Intelligenz verschiedener Tiere gezeigt. Eine Krähe, mit einer Baumnuss im Schnabel, wartet auf einem Ast über der Strasse auf das nächste Auto. Dieses kommt nach einiger Zeit und die Krähe lässt die Nuss genau im richtigen Moment vor das Fahrzeug fallen. Der Pneu wirkt als Nussknacker und die Krähe kann das Resultat geniessen. Ein weiterer Test zeigte auf einem Küchentisch einen dreissig Zentimeter hohen Glaszylinder. Auf seinem Boden lag ein spanisches Nüsschen. Ein Papagei wollte unbedingt an das Nüsschen gelangen. Er versuchte dies zuerst mit einem Stäbchen, es gelang nicht, dann wollte er das Gefäss umstürzen, dies ging ebenfalls nicht. Er überlegte nicht mehr lange und flog zum nahen Waschbecken und füllte seinen Schnabel mit Wasser, flog dann zurück und liess das Wasser in den Zylinder tropfen. Diesen Vorgang wiederholte er so lange, bis das Nüsschen ganz oben im Glasgefäss schwamm und für ihn erreichbar bar. Der Versuch wurde übrigens in einer Schulklasse mit jungen Schülern wiederholt. Das Resultat war negativ, die Schüler kamen nicht auf die schlaue Idee des Papageis.

Im Internet, das den heutigen Menschen auch als modernes unerschöpfliches Lexikon dient, wird eigentlich fast jede Frage zu

Pflanzen, Tieren und Menschen beantwortet. Dort hat Alex eine Rangliste der Intelligentesten Tiergattungen gefunden:

Platz 1 Der Delphin steht dem Menschen an Intelligenz kaum nach

Platz 2 Der Affe besonders der Schimpanse verblüfft mit Gedächtnis und Lernfähigkeit

Platz 3 Raben und Krähen sind dank ihrem Talent Überlebenskünstler

Platz 4 Die Kraken sind schlau und haben Superhirne, sie öffnen sogar Schraubverschlüsse

Platz 5 Die Wale erkennen menschliche Gebärden, sie können miteinander kommunizieren

Platz 6 Die Ameisen sind lernfähig

Platz 7 Die Bienen tauschen Infos über Pollen, Nektar und Wasserquellen aus

Platz 8 Der Elefant kann Menschen und Sprache unterscheiden, er hat ein unheimliches Gedächtnis

Platz 9 Der Papagei hat die Intelligenz eines vierjährigen Kindes

Platz 10 Der Hund hat die Intelligenz eines zweijährigen Kindes, er versteht etwa 250 Wörter

Platz 11 Waschbären lösen Denkaufgaben und erinnern sich an die Lösung

Platz 12 Orang-Utans arbeiten mit Werkzeugen, gehen z.B. mit Sägen um.

Platz 13 Ratten riechen sogar Bomben und Landminen

So funktioniert scheinbar der Mensch

Wieder einmal erwacht Alex nachts um drei Uhr, der abendliche Schlummerbecher macht sich bemerkbar. Zurück im Bett ist an ein Weiterschlafen nicht mehr zu denken, denn der Schein der Strassenlaterne scheint seinen noch müden Denkapparat ans Aufstehen zu mahnen. Viele Gedanken fahren durch seinen Kopf, auch jener eindrückliche Film über das Leben von Tieren und Pflanzen läuft wieder ab. Er kann nicht anders, jene Gedanken werden wieder aktiv und er versucht deshalb, dort wieder anzuknüpfen und weiter zu denken.

Nach der Entstehung und Weiterentwicklung von Pflanzen und Tieren formte sich nach und nach der Mensch. Die Christen *glauben,* Gott habe die Erde und den Menschen erschaffen, es steht jedenfalls so in der Bibel. Aber nach dem heutigen *Wissen* ist der Mensch nicht etwa eine Extra-Anfertigung sondern nur eine natürliche Weiterentwicklung des Affen, er ist also gar kein neues Lebewesen, er wird nur anders genannt. Auch sein Benehmen ist fast genau gleich wie das von Pflanzen und Tieren. Auch hier herrscht der brutale Kampf ums Fressen und ums Territorium. Beim Menschen kommt aber zu diesem Erbe noch die Macht, die Herrschsucht und neuerdings das Geld dazu und das macht ihn so gefährlich. Es gibt noch einen weiteren, grossen und wichtigen Unterschied: In der Tierwelt ist immer das Männchen das schönere, buntere, grössere, kräftigere und dominantere Wesen. Beim Menschen dagegen ist es umgekehrt. Hier ist nach Ansicht der meisten Männer und Frauen immer das Weibchen das Schönere. Dadurch fühlten sich scheinbar schon vor Urzeiten die Männchen diskriminiert und das vermeintliche Minus musste logischerweise durch andere Qualitäten wettgemacht werden. Die schlauen Männchen des Homo Sapiens, als Teil der Natur, als Kreaturen mit Gehirn, mussten sich deshalb andere wertvolle Eigenschaften aussuchen und aneignen. Diese Eigenschaften zu finden war aber damals in der „Gründerzeit" der Menschheit nicht einfach.

Eben genau diese Eigenschaften versucht Alex zu definieren und zu ordnen. Zuerst kommt auch beim Menschen das Fressen, genau wie bei den Tieren und Pflanzen. Weil aber der Mensch intelligenter ist und zum Teil und sogar logisch denken kann, versteht er es heute, Teile der Natur, der Pflanzen und Tiere, nach seinem Gusto, Geschmack und Aussehen zu züchten. Er versteht es, die benötigte Menge Nahrungsmittel, wie Gemüse, Getreide und Obst durch Anbau und Düngung zu regulieren. Zu gross anfallende Mengen konserviert er auf verschiedene Arten, z.B. durch Chemie, Hitze oder Kälte. Schädlinge pflanzlicher oder tierischer Art, beseitigt er mechanisch oder chemisch. Kurz, er versteht es, den natürlichen Ablauf der Natur auf tausend verschiedene Arten auszutricksen. Dies alles tut er nicht etwa aus Liebe zu seinen Mitmenschen. Nein, er tut es aus purem Eigennutz, so hat er immer genug zu fressen und was vielen noch viel wichtiger ist, er verdient damit Geld.

Die Tiere sind dem Menschen lt. der Bibel ebenfalls unterstellt. So werden Hunde, Pferde, Rinder und andere Haustiere seit tausenden von Jahren nach seinen Wünschen und Bedürfnissen gezüchtet. Vor hundert Jahren lieferte eine Kuh nur etwa 2000 Liter Milch pro Tier und Jahr, heute dagegen 10'000 Liter, also fünfmal mehr. Um aber diese Leistung zu erbringen muss die Kuh zusätzlich mit Kraftfutter ernährt werden, denn mit Heu und Gras allein würde sie diese Menge nicht liefern können. Dadurch wird sie aber überfordert, und deshalb anfälliger für viele Krankheiten, und diese werden mit Medikamenten bekämpft. Intelligent wie der Mensch heute ist, verhindert er einen eventuell möglichen Ausbruch der Krankheiten präventiv mit Antibiotika und durch Impfungen. Die für die Fleischproduktion gezüchteten Tiere müssen so schnell wie möglich und ohne Krankheiten schlachtreif gefüttert werden sonst werden die mit dem Label „made in Switzerland" produzierten Hühner, Schweine oder Rinder zu teuer und durch importierte Viecher ersetzt. Die Milch und das Fleisch dieser Tiere werden von den Menschen verzehrt und diese bekommen dadurch im Lauf der Zeit einen grossen Teil dieser Medikamente ab. Das unvermeidliche Resultat ist schon lange bekannt: wenn der Mensch eines dieser lebensrettenden Mittel benötigt, ist es möglicherweise schon nicht mehr wirksam, weil der Körper durch die dauernde, ungewollte und unnötige Einnahme dagegen immun geworden ist. Eine früher meist tödlich verlaufende Lungenentzündung konnte erstmals in den fünfziger Jahren durch das damals neu entdeckte Antibiotikum „Penicillin" innert ein paar Tagen geheilt werden. Es wurde damals als grosses Wunder betrachtet. Aber leider werden diese Medikamente, dank der Gewöhnung, bald nicht mehr wirksam sein. Es wird dann schwierig werden, bakterielle Erkrankungen schnell zu heilen!

In der Schweiz wurde dieses Problem schon vor vielen Jahren erkannt und gewisse Heilmittel werden aus diesem Grunde nur gezielt und gegen ärztliche Verordnung abgegeben. In einigen Ländern Europas wurden aber schon 1960 Antibiotika beim Grossverteiler als sogenannte „Aktionen" verkauft. Dieses idiotische Vorgehen wurde auch für sehr stark wirkende Schlafmittel angewendet. Schweizer Touristen machten natürlich von den verlockenden Angeboten regen Gebrauch und versorgten die halbe Verwandtund Bekanntschaft mit diesen Produkten. Man weiss, dass Irgendwo im Süden unter Umständen gar keine Qualitätskontrolle für diese Produkte und deren Wirkstoffe existiert. Es kann also möglich sein, dass diese Medikamente mit Reismehl oder Zucker „gestreckt" wurden oder gar nicht drin enthalten sind. Wenn es um das einfache Geldverdienen oder Geldsparen geht, wird oft von der einen Seite ohne Skrupel alles Mögliche probiert und bei der andern setzt manchmal aus Preisgründen der gesunde Menschenverstand aus.

Heute gibt es für fast alle bekannten Krankheiten sehr gut wirkende Medikamente. Nur gegen die Dummheit der Menschheit gibt es meines Wissens noch keine Impfung und keine Heilmittel! Wir *wissen*, dass in vielen Fällen etwas falsch läuft, aber wir *glauben*, es sei richtig, weil wir *glauben* es gäbe keine anderen Möglichkeiten.

Das Recht der Frauen

In den westlichen Ländern wollten die Frauen seit ewigen Zeiten nicht nur nach der Pfeife der Ehemänner und männlichen Politiker tanzen. Sie wollten nicht nur gehorchen, sondern ebenfalls mitbestimmen. Schon anno 1868 stellten die Zürcher Frauen vergeblich ein erstes Begehren. Es wurde Jahrzehnte lang um das Frauenstimmrecht gerungen, bis es 1971 endlich gelang. Am 7. Februar wurde mit einer mehr als schäbigen Stimmbeteiligung von 58 % mit „66% Ja" zu „34% nein" das Schweizer Frauenstimmrecht angenommen.

In Europa wurde das Frauenstimmrecht aber schon lange vorher eingeführt:

1917 Sowjetunion

1918 Österreich

1919 Deutschland

1920 USA

1928 Grossbritannien

1944 Frankreich

1945 Italien

1971 Schweiz

In vielen Ländern hat noch heute die Frau weniger Rechte als der Mann. Schuld an dieser Ungerechtigkeit sind Kulturen, Gewohnheiten und vor allem die Religionen. Hier stellt sich doch unweigerlich die folgende Frage:

Wieso gibt es eigentlich so viele verschiedene Religionen und welches ist die Richtige? Oder besser gefragt: Welche stimmt und welche entspricht der Wahrheit? Jeder Anhänger einer Religion ist überzeugt, dass nur sein Glaube der einzig Richtige und Wahre ist. Viele Kriege wurden deshalb schon früher und eigentlich heute noch, nur dank den Religionen und deren Glaubensrichtungen geführt. Im Islam bekämpfen sich noch heute Sunniten und Schiiten, im Christentum waren es die Katholiken und die Reformierten. Noch in den 1990er Jahren verklopften sich in Nordirland im Namen Gottes die Katholiken und die Protestanten. Heute geben sich die Einwohner von Serbien und Albanien auf Dach. Der Grund dafür ist wieder zur Hauptsache die Religion, die Kultur und die vermeintlich dazu gehörenden Landansprüche.

Wieso hat eigentlich weltweit der Mann mehr Rechte? Das ist auch wieder so eine „morgens um Vieruhrfrage". Alex glaubt, er hätte die logische, aber ein wenig ketzerische Antwort zu dieser Frage gefunden:

Im Christentum waren Gott und sein Sohn Jesus, die Jünger, die Propheten etc. alles Männer. Es ist auch nirgends belegt, dass die Frauen damals überhaupt schreiben und lesen konnten. Die Bibel konnte deshalb nur von Männern geschrieben worden sein, sie diktierten also auch die darin beschriebenen zehn Gebote und alle andern Gesetze. Diese Gebote und Befehle wurden logischerweise ganz auf die Wünsche und Bedürfnisse der Männer angepasst. So wurde auch die Eva von einem von Gott geschaffenen Tier, der Schlange, zum Sündenfall aufgefordert und so von Moses als erste Sünderin dargestellt, denn dank ihr wurde die Menschheit aus dem Paradies vertrieben. Weil die Männer schon immer das Sagen hatten, traten die Frauen kaum auf, oder wenn schon, dann nur in Nebenrollen. Damit aber die Männer ihre Übermacht durch denkende und aufmüpfige Frauen niemals verlieren konnten, haben die damaligen Schlaumeier entsprechende Gesetze erdacht und Gebote erlassen.

Heute zählt man folgende fünf grossen Religionen zu den Weltreligionen: Im Internet findet man Angaben dazu, geordnet nach der

Anzahl der entsprechenden Gläubigen:
das Christentum hat etwa 2,1 Milliarden Anhänger
der Islam   1,3
der Hinduismus   850 Millionen
der Buddhismus   450
das Judentum   15

In allen Kulturen sind die Religionsgründer Männer und diese suchten sich einen fiktiven Chef, oder besser einen Diktator, oder eben einen Gott. Die Männer konnten deshalb behaupten, nicht sie, sondern dieser fiktive Chef habe die Gesetze erlassen und alle, Frauen und Männer, hätten sich daran zu halten. Diesem Chef wurde dadurch die ganze Verantwortung zugeschoben. Um diesen Chef ja nicht zu vergessen und um alles glaubhaft zu machen wurden Rituale und Festlichkeiten erfunden um diesen höheren Wesen, eben den Göttern, zu huldigen. Dadurch wurden die Männer vom Vorwurf, sie würden die Frau beherrschen und unterdrücken, entlastet. Die Männer waren damals eigentlich clever und vorausschauend. Sie taten gut daran, dies schon am Anfang einer Religion in die Wege zu leiten. Heute hätten sie kaum eine Chance ihren Vorrang auf diese Art festzulegen.

Die Macht der Männer wurde dadurch in allen Kulturen gefestigt und zementiert. Das beste Beispiel ist der Vatikan in Rom. Man stelle sich doch diesen souveränen Kleinstaat mit gleichberechtigten Frauen durchmischt vor! Der alte Grock würde laut rufen „Nit möööglich!" Der *Vatikan* ist lt. Google, ganz von Italien umschlossen, hat offene Grenzen zu Italien, ist aber nicht Mitglied der *Europäischen Union*. Es gibt auch keine direkten diplomatischen Beziehungen, sondern diese werden vom Heiligen Stuhl wahrgenommen. Dieser Kleinstaat, mitten in Italien, ist nur von Männern bevölkert und diese sind ähnlich dem Militär eines Staates organisiert. Der General nennt sich aber dort Papst. Schon seit 1506 schützt die Schweizer-Garde den Papst und seine Residenz, das hat sich lt. Google bis heute nicht geändert. In diesem Kleinstaat hat die italienische Polizei nichts zu suchen, scheinbar gibt es dort für sie gar nichts zu tun. Denn wenn einer dieser Männer eine Straftat oder Sünde begeht, darf er beichten. Der Mann hinter dem Vorhang obliegt der absoluten Schweigepflicht, er darf eine gebeichtete Straftat auf keinen Fall weitergeben. Er darf ihm sogar die begangenen Sünden vergeben. Dadurch gelangt auch ein mögliches Verbrechen nie an die Öffentlichkeit. In der Kirche von Rom darf eine Frau keine Beichte abnehmen. Also gibt es auch hier, wie in der Bibel, keine Gleichberechtigung.

Diese Vorrechte des Mannes sind lt. Google im Buch der Bücher, in der Bibel, schriftlich festgehalten unter:
(Epheser 12.22) Die Weiber seien Untertan ihren Männern!

In der Bibel stehen noch einige andere, komische, wahrscheinlich heute gar nicht mehr akzeptierte Sätze. Alex wundert sich, dass die beiden bekannten Reformatoren Luther und Zwingli, diese überhaupt in die heutige Bibel übernahmen. Es ist unglaublich dass die Bibel mit ihrem Inhalt der Grundsatz des christlichen Glaubens sein kann. Aus diesem Grunde wird möglicherweise der Originaltext in vielen Kirchen beim Gottesdienst auf lateinisch gelesen.

Im Internet findet man Beispiele:

Unter: Grausame Bibelzitate liest man:

Moses ist zornig, weil nicht alle Frauen getötet wurden!
(4. Mose 31.14-15) „und Mose wurde zornig über die Hauptleute des Heeres, die Hauptleute über tausend und über hundert, die aus dem Feldzug kamen, und sprach zu ihnen: Warum habt ihr alle Frauen leben lassen?"
(4. Mose 31.17-18) „So tötet nun alles, was männlich ist unter den Kindern, und alle Frauen, die nicht mehr Jungfrauen sind; alle Mädchen, die unberührt sind, die lasst für euch leben."

Todesstrafe für Homosexuelle!
(3. Mose 20,13) „Wenn jemand bei einem Manne liegt wie bei einer Frau, so haben sie getan, was ein Greuel ist, und sollen beide des Todes sterben;..."

Todesstrafe für widerspenstige und ungehorsame Söhne!
(5. Mose 21, 18-219 „Wenn jemand einen widerspenstigen und ungehorsamen Sohn hat, der der Stimme seines Vaters und seiner Mutter nicht gehorcht und auch, wenn sie ihn züchtigen, ihnen nicht gehorchen will, so sollen ihn Vater und Mutter ergreifen und zu den Ältesten der Stadt führen und zu dem Tor des Ortes und zu den Ältesten der Stadt sagen: Dieser Sohn ist widerspenstig und ungehorsam und gehorcht unserer Stimme nicht und ist ein Prasser und Trunkenbold. So sollen ihn steinigen alle Leute seiner Stadt, dass er sterbe,....."

Kurioserweise steht an keiner Stelle der „Frohen Botschaft", dass auch Eltern ihren Kindern gegenüber Pflichten haben.

Zauberinnen sollen sterben

(2. Mose 22.17) „Die Zauberinnen sollst du nicht am Leben lassen..

Kinder sollen sterben

(Jesaja 13,16) Es sollen auch ihre Kinder vor ihren Augen zerschmettert, ihre Häuser geplündert und ihre Frauen geschändet werden!

Andersgläubige dürfen weder gegrüsst noch als Gast aufgenommen

werden.(Johannes 10f) Wenn jemand zu euch kommt und bringt diese Lehre nicht, so nehmt ihn nicht ins Haus und grüsst ihn nicht! Denn wer ihn grüsst, hat teil an seinen bösen Werken.

Missverstandene Friedensbotschaft

(Matthäus 10,34f) *Ihr sollt nicht meinen, dass ich gekommen bin, Frieden zu bringen auf die Erde, sondern das Schwert.*

Die Rolle der Frau:

(Korinther 11)

3. ich lasse euch aber wissen, dass Christus das Haupt eines jeden Mannes ist, der Mann aber ist das Haupt der Frau.

7. Der Mann aber soll das Haupt nicht bedecken, denn er ist Gottes Bild und Abglanz, die Frau aber ist des Mannes Abglanz.

9. und der Mann ist nicht geschaffen um der Frau Willen, sondern die Frau um des Mannes Willen.

Auftrag zum Mord

(2. Samuel 13,28) Absalom aber gebot seinen Leuten: Seht darauf, wenn Ammon guter Dinge wird vom Wein und ich zu euch spreche: Schlagt Ammon nieder! so sollt ihr ihn töten. Fürchtet euch

nicht denn ich hab`s euch geboten: seid nur getrost und geht tapfer dran! So taten die Leute Absaloms.

In der Lutherbibel von 1912 steht das Verbot von Mose 20.4
Du sollst dir kein Bildnis noch irgend ein Gleichnis machen, weder des, das oben im Himmel, noch des, das unten auf Erden, oder des, das im Wasser und unter der Erde ist!

Alex findet, solche perverse Sätze kann doch nur jemand von sich geben und schreiben, der sich als alleinherrschender Diktator fühlt und aufspielt.

Man stelle sich bildlich vor, was diese Worte bei christlich Gläubigen Menschen bewirken müssen:
Diesen Menschen wird doch damit das Denken verboten!
Arroganter geht es wirklich nicht!

Die ganze christliche Welt wundert sich über die zahlreichen Austritte aus der katholischen und der reformierten Kirche. Es wird krampfhaft nach Gründen gesucht. Alex ist wahrscheinlich der erste Christ, der die Gründe für diesen Exodus zu nennen wagt:
Für Alex ist die Bibel ein Buch mit sieben Siegeln. Es ist zwar das Lehr- und Gesetzesbuch der Christen, aber nach heutigen Begriffen ist der Inhalt zum Teil unmoralisch und menschenfeindlich. Zudem lässt er sich in seinem Alter das Denken nicht verbieten. Ab 80 Jahren darf man zur Wahrheit stehen und sich ehrlich dazu äussern, weil dem 80-Jährigen selten eine wahre Äusserung krumm genommen wird. In diesem hohen Alter wird man ja sowieso nicht mehr ganz für voll genommen. Darum hält er sich weiter an die Wahrheit.

Viele Kapitel in der Bibel glorifizieren Krieg, Mord und Rache und rufen sogar dazu auf. Wer alle die Begebenheiten, die darin erzählt werden, aufgeschrieben hat, und wie oft diese Geschichten danach überliefert und nacherzählt wurden, ist kaum mehr genau festellbar. Nur eines ist ganz sicher: Es gab seines Wissens nie eine Frau, die etwas in diesem Buch schrieb. Die vielen komischen Regeln und Gebote können also nur von Diktatoren, also von Männern geschrieben worden sein.

In der Bibel befielt Gott zu töten:

Er ist kein gütiger Himmelsvater, wie es sich die Gläubigen gerne wünschten.

Er rät zum Beispiel unmissverständlich, was mit jemandem zu tun ist, der einen andern Gott anbetet (5. Mose 5-7) „so sollst du den Mann oder die Frau, die eine solche Übeltat begangen haben, hinausführen zu deinem Tor und sollst sie zu Tode steinigen. Die Hand der Zeugen soll die erste sein, ihn zu töten und danach die Hand des ganzen Volks, dass du das Böse aus deiner Mitte wegtust".

Psalm 44,6 :
„Herr, in deinem Namen zertreten wir unsere Gegner"!

5. Mose 20,16-17:
„Aber in den Städten dieser Völker hier, die dir der Herr, dein Gott, zum Erbe geben wird, sollst du nichts leben lassen, was Odem hat, sondern du sollst an ihnen den Bann vollstrecken, nämlich an den Hetitern, Amoritern, Kanaanitern, Perisitern und Jebusitern wie dir der Herr, dein Gott geboten hat.."

5. Mose 2.34-35
„Da nahmen wir zu der Zeit alle seine Städte ein und vollstreckten den Bann an allen Städten, an Männern, Frauen und Kindern und liessen niemand übrig bleiben. Nur das Vieh raubten wir für uns und die Beute aus den Städten, die wir eingenommen hatten,,.

Josua 11.14.:
Und die ganze Beute dieser Städte und das Vieh teilten die Israeliten unter sich, aber alle Menschen erschlugen sie mit der Schärfe

der Schwerts, bis sie vertilgt waren und liessen nichts übrig was Odem hatte"

Viele Dinge die in der Bibel beschrieben und vorgeschrieben werden sind nach dem heutigen **Wissen** und Verständnis kaum glaubwürdig, nicht mehr vollziehbar oder sogar unmöglich. Man stelle sich vor, dass diese Bibel früher in jedem europäischen Hotelzimmer vorhanden sein musste. Heute ist dies nicht mehr Vorschrift, aber auf Verlangen wird das Buch an jeder Anmeldung ausgehändigt.

Unsere Gesellschaft entwickelt sich.

Bei Alex zu Hause herrschten ganz bestimmte, scheinbar seit Generationen überlieferte Regeln. Vor jedem Essen wurden die Hände mit Seife gewaschen. Erst danach suchten sich alle ihren vorgeschriebenen Platz. Die Kinder auf der langen, harten Holzbank an der Längsseite des Tisches, die Erwachsenen auf ihren mit Kissen belegten Stühlen. Wenn die vier Kinder, die Eltern, die Grosseltern, der alte Onkel Fritz, der Urgrossvater und die Haushalthilfe aus Italien am grossen Tisch beim Essen versammelt waren, wurde nicht gesprochen. Es wurden auch keine Vorkommnisse aus dem Dorf erzählt oder kritisiert. Die einzigen erlaubten Geräusche waren etwa das Schlürfen der Grosseltern beim Essen der Suppe. Die Kinder durften auf keinen Fall schlürfen, sie durften auch nicht mit dem Löffel oder mit der Gabel im Teller scharren, sie mussten die Suppe und das nachfolgende Essen möglichst geräuschlos geniessen. Die Nebengeräusche blieben den alten Tischgenossen vorbehalten. Der Löffel und die Gabel durften nicht mit aufgestütztem Ellenbogen zum Mund geführt werden. Das Messer durfte nicht abgeleckt werden denn es hatte im Munde nichts zu suchen. Das Essen hatten die Kinder nicht zu kritisieren. Worte wie zum Beispiel „das habe ich nicht gerne" oder „das esse ich nicht" wurden nicht akzeptiert. Es tönte dann höchstens sehr streng: „Gut, verlasse den Tisch, stell dich dort in die Ecke, mit dem Gesicht zur Wand und warte bis wir fertig sind!" Gewisse Gemüse fand Alex als Kind, trotz den harten Vorschriften, zum Kotzen. Alle Tischgenossen konnten Alex beobachten, wenn er als letzter mit Mühe den gesunden Spinat in seinen Magen würgte.

Niemand durfte den Tisch verlassen bevor alle fertig gegessen hatten, weglaufen wenn noch jemand beim Essen war, durfte niemand.

Den Kindern versuchten damals die Grosseltern und die Eltern nach Möglichkeit ein gewisses Mass an Anstand und Umgangsformen beizubringen. Es waren eigentlich minime Verhaltensregeln wie „auf der Strasse grüsst man andere Personen", „in gewissen Momenten Dankeschön sagen", in einem Notfall Hilfe leisten, die Ohren nicht spitzen, wenn Erwachsene miteinander redeten, usw. Alle diese Dinge waren einst ein Bestandteil der Schweizer Kultur und des Anstandes, und dieses Verhalten wurde nach Möglichkeit auf die Kinder übertragen. Dies gelang aber schon damals nicht in jeder Familie, denn man kann ja nur Dinge weitergeben, die man besitzt oder beherrscht. Dazu gehören heute noch die Umgangsformen und Regeln.

1. Regel:

Auf dem Land grüsste man auf der Strasse jeden Menschen ohne Ausnahme. Die Männer trugen damals meistens einen Hut, dieser wurde dann beim Grüssen ein wenig vom Kopf genommen oder wenigsten angetippt. Die Frauen trugen den Hut nur an Sonn- und Feiertagen. Ein Sprichwort dazu lautete damals "mit dem Hut in der Hand, kommt man durchs ganze Land". In ländlichen Gegenden, in Dörfern wo damals eigentlich jeder jeden kannte, war damals ein "Grüezi" oder "Guetag" Pflicht und gehörte zum Anstand.

2. Regel:

Personen mit Titeln, wurden zum Beispiel mit Herr Professor oder Herr Doktor und nicht mit dem eigentlichen Namen angesprochen, egal ob diese Titel ehrlich verdient oder im Ausland gekauft wurden. Anstandshalber wurden dann die Titel in der Anrede automatisch ebenfalls auf den Partner angewandt. So wurde eine ganze normale Frau plötzlich zur Frau Professor. Das Ansehen dieser Leute stieg damit ohne eigene Leistung kometenhaft an. Heute ist vielleicht der Herr Pfarrer noch einer der wenigen umgänglichen Titel. Wollte man damals ganz korrekt auftreten, hiess es dann schon "Grüezi Frau Dokter","Grüezi Herr Poschthalter", Guete-n-

Obe Frau Profässer"„Grüezi Herr Bahnhofvorschtand" oder wenn man der Frau des Dorfschullehrers begegnete, war das "Guetag, Frau Lehrer" angebracht. Diese Sitten sind bei uns in der Schweiz vorbei, sie gelten aber scheinbar noch immer in Österreich. Dort wird die Frau eines Dorfschullehrers noch heute mit "Frau Studienrat" angesprochen. Schmunzelnd wird erzählt, auf dem Wörthersee im nahen Österreich werde der erste Offizier unter dem Kapitän eines Schiffes als Herr "Oberdampfschiffseilanbinder" gegrüsst. Wenn sich hier in der Schweiz beim morgendlichen Einkauf im Dorfladen der Fabrikant Herr Muster mit seinem Arbeiter Herr Maurer traf, grüsste Herr Maurer als erster mit den Worten „guten Tag Herr Direktor oder guten Morgen Herr Muster". Der Direktor Muster grüsste jedoch nur mit den Worten „grüezi Maurer". Bei dieser Begrüssungszeremonie wurde ganz bewusst und bestimmt das Wort „Herr" weggelassen. Auf diese Art wurden der Status und Unterschied Chef und Arbeiter von beiden gezeigt und zementiert.

Wurde damals in dörflicher Umgebung ein Mensch nicht gegrüsst, war dies ein Zeichen der Verachtung. In einer grösseren Ortschaft oder Stadt aber galten vor vielen Jahren schon andere Anstandsgesetze, an diese mussten wir Landeier uns zuerst gewöhnen, denn dort galt damals schon die Anonymität. Wenn wir als Kinder in einer Stadt die Leute wie zu Hause grüssten, wurden wir wie Marsmenschen bestaunt. Heute werden leider viele schöne, alte, schweizerische Gewohnheiten durch ausländische Manieren ersetzt. So gehört es wieder zum guten Ton, im Vorbeigehen nicht zu grüssen oder sogar auf die Strasse zu spucken. Wir Schweizer kennen die Bedeutung dieses Verhaltens als Verachtung, vielleicht ist es aber in einem andern Land sogar eine gute Sitte. Dieser Brauch des Spuckens war ja vor vielen Jahren, im Zeitalter des Kautabaks, auch bei uns üblich. In den alten Bahnwagen hing über den Türen ein weisses Emailschild mit den Worten "Es ist verboten auf den Boden zu spucken". Die Gesetze und Sitten sind von Land zu Land verschieden. So gehört es in einigen asiatischen Ländern sogar zum guten Ton wenn möglichst laut und lang gefurzt und gerülpst wird.

Damals in seiner Jugendzeit waren die Lehrer noch Respektpersonen. In der heutigen, modernen Zeit hat sich aber das Verhältnis Lehrer-Schüler stark verändert. Vielerorts sind die Lehrer mit den Schülern "per Du". Auf diese Art sind die Lehrer nicht mehr eine mehr oder weniger sympathische Respektperson, sondern „nur" ein Kollege. Ob dieser Trend für die Erziehung notwendig oder sogar gut ist, wird die Zukunft zeigen. Um die Beziehung Schüler-Lehrer etwas freundlicher zu gestalten werden an vielen Schulen die Schüler am Morgen beim Betreten des Schulzimmers nach Schweizer Art mit Handschlag begrüsst. Diese Geste ist für Schüler und Schülerinnen eine Art Anerkennung die von einer Respektsperson ausgeht. Wenn jetzt aber zufällig der Lehrer eine Lehrerin, also eine Frau ist, gilt diese Person in verschiedenen Kulturen als minderwertiger Mensch und wird deshalb von den Schülern auf keinen Fall mit Handschlag begrüsst, denn dies wäre ein Tiefschlag für jene, uns fremde, Kultur.

Die christliche Bibel gibt jenen, uns fremden Kulturen, sogar recht:

So steht unter *Thimotheus 2.11 ff:*

Eine Frau lerne in der Stille mit aller Unterordnung,

12: Einer Frau gestatte ich nicht, dass sie lehre, auch nicht dass sie über den Mann Herr sei, sie sei still!

Gewisse Politiker finden aber, wir müssten uns fremden Kulturen anpassen und jene Menschen nicht mit unsern europäischen, christlichen Sitten diskriminieren sondern dem Frieden zuliebe jenen Kulturen noch viel mehr entgegen kommen. Man könnte doch eine alte Gewohnheit, wie den Handschlag zum Gruss, einfach vergessen, auf diese Art wäre das Problem aus der Welt geschafft. Diese Ansicht passt doch genau in die heutige Schweizer Kuschelpolitik. Ein Teil unserer Politiker und Lehrer würden es gut finden, denn auf diese Art würden Andersgläubige nicht brüskiert. Wenn man sich vorstellt dass das Schweizer Nationalzvieri, Servelat oder Bratwurst mit Brot, aus vielen Schulen verbannt wurde, weil in die Wurst Schweinefleisch verarbeitet wurde. Schweinefleisch ist ja bei den Juden und bei den Muslimen verboten.

Gut, diese Gewohnheit akzeptieren wir, aber müssen wir uns als Christen an diese fremden Kulturen anpassen? Manchmal hat Alex das Gefühl, wir müssten uns unseres Landes schämen, denn es scheint, Schweizer Bürger zu sein sei eine Schande. Deshalb müssten wir uns eigentlich den Gewohnheiten der zugereisten Gäste anpassen und ja nicht etwa umgekehrt! Das heisst, je nach Bedarf sollten wir christlich, muslimisch oder jüdisch zu denken und uns entsprechend benehmen.

In einigen Ländern der EU diskutierte man sogar darüber, ob es nicht sinnvoll wäre, auch die Schweizer Gesetze an diejenigen gewisser Kulturen anzupassen. So dürften, wie nach orientalischem Recht, schon neunjährige Mädchen heiraten oder zur Heirat gezwungen werden. Aber fast täglich hören und lesen wir von den Konflikten die durch die Multi-Kulti-Gesellschaft entstehen. Wenn Alex an seine Urgrosskinder denkt, und daran, dass sein Land vielleicht bald (in fernen?) Tagen muslimisch regiert werden könnte, packt ihn das kalte Grauen, dann gute Nacht ihr Schweizer Frauen, dann nützt euch auch kein Frauenstreik mehr für die angestrebte Gleichberechtigung!

Wenn Alex hört und liest, dass es Leute gibt, die Armee und Waffen abschaffen möchten, wird ihm übel. Seit es die Schweizer Armee gibt, wird die Waffe des Soldaten zu Hause aufbewahrt. In unserem Land ist das Schiessen ein Sport, die Waffe wird also nur für die Jagd oder für den Wettkampf benützt. Ab und zu wird die Waffe zu einer Übung im Militärdienst gebraucht. Allen Schweizer Bürgern und Bürgerinnen möchte er zutrauen, dass sie an das Gute im Menschen glauben und die Waffe nie für strafbare und verbotene Zwecke verwenden. Aber heute darf man die Realität nicht vergessen. Glauben ist gut, wissen ist aber besser.

Der Ausländeranteil in der Schweiz ist 25 %. Wenn die ausländischen Besitzer des Schweizerpasses dazu gezählt werden, beträgt der Anteil 30 %. Es gibt darunter viele Menschen aus anderen Kulturen. Es sind Leute, die diese Kulturen leben und voll und ganz dazu stehen. Sie haben natürlich das Recht dazu, aber diese Menschen lassen sich kaum integrieren und gehen vielleicht auch mit Waffen anders um. Besonders jene Männer benützen oft Waffen um bei Unstimmigkeiten zu ihrem vermeintlichen Recht zu kommen. Der verantwortungsvolle Schweizer hält seine Waffe unter Verschluss, damit ja nicht etwa Kinder damit spielen können. Warum soll dieser alte Brauch, der Waffenbesitz, verboten werden, wenn es doch kein Problem ist, gewöhnliche oder sogar verbotene Waffen im Schwarzhandel günstiger als im Fachhandel zu kaufen. Wenn also ausnahmsweise so etwas passiert und mit der Waffe ein Verbrechen ausgeführt wird, muss dieses geahndet werden. Es gibt ja genügend Schweizer Gesetze, aber diese sollte man eigentlich anwenden und nicht die gewohnte Kuscheljustiz. Sicher hätte dann jener deutsche Leser keinen Grund mehr, die Schweiz als ein Eldorado für Gewalttäter und Verbrecher zu bezeichnen. Zudem sollten alte Traditionen und Bräuche nicht durch die EU-Diktatur verboten werden können!

Warum werden eigentlich die lautlosen und praktischen Mordinstrumente, wie zum Beispiel Küchenmesser, Scheren und Schraubenzieher in allen Grössen und Ausführungen, (manchmal gehören auch gewisse Autos dazu!) noch nicht verboten? Vielleicht ist ja dieser Gedanke in vielen Hirnschalen schon längst vorhanden und zur Eidgenössischen Abstimmung bereit.

Palmen vor dem Haus

Schon immer hat Alex der Süden mit seinem milden, sonnigen Klima und mit seiner Vegetation sehr gut gefallen. Dort unter der wärmenden Sonne des Tessins, der Toskana, oder der Provence muss doch das Leben viel schöner sein als hier im oft kalten und trüben Norden. Diese Menschen hatte er als Junge um ihre Lebensweise, um ihr Klima und die entsprechende Vegetation beneidet. Palmen in einem Garten nördlich der Alpen wären sicher schön und pflegeleicht. Sie würden doch eine südliche Stimmung, ein Gefühl von Ferien im Süden, suggerieren.

Im zweiten Jahr seiner Lehrzeit, hatten die drei Eidgenossen, der Max, der Edi und er die glorreiche Idee, ihre Ferien im Tessin zu verbringen. Mit dem Fahrrad wollten sie über den Gotthard in den Süden gelangen. Sie planten diese Reise genau und freuten sich schon Wochen vorher auf das grosse Abenteuer. Auf der Schweizer Karte legten sie die Route fest, dann zählten sie die zu fahrenden Kilometer zusammen. Die Autobahn existierte damals noch nicht, wahrscheinlich dachte damals noch gar niemand daran, diese zu bauen. Die Länder verbindende Hauptstrasse führte damals von Basel über den Hauenstein, Olten, Luzern, Brunnen, über die Axenstrasse, dann durch die wilde Schöllenenschlucht nach Andermatt, durch das Ursenental weiter über die holprigen Pflastersteine der alten Strasse auf den Gotthard. Von dort führte die Strasse durch die Tremola mit den 37 Haarnadelkurven, immer auf der holprigen Pflastersteinstrasse, hinunter nach Airolo, weiter nach Bellinzona, dann entweder über den Monte Ceneri nach Lugano, von dort über den schmalen Damm von Melide nach Chiasso an die Grenze zu Italien, oder aber nach Locarno, Ascona und entlang dem Lago Maggiore. Die ungefähr dreihundert Kilometer halbierten sie mit einer Übernachtung irgendwo unterwegs im Zelt. Jeder hatte sein eigenes Fahrrad. Max war im Besitz eines schweren, robusten "Arios" Militärvelos mit Rücktrittbremse. Edi hatte ein neueres Fahrrad mit einem englischen Lenker, Alex hatte ein modernes, leichtes, rot gespritztes "Tebag" Herrenvelo mit der damals üblichen, modernen Dreigang "Sturmey-Übersetzung". Diese Übersetzung erlaubte ihm, je nach Notwendigkeit, in drei verschiedenen Gängen zu fahren. Als "Stift" war er stolz auf dieses neuartige Verkehrsmittel.

Eines Tages, vier Jahre nach Kriegsende, starteten die drei morgens um zwei Uhr, in einer sternenklaren Nacht im Juli, zu jener Ferienfahrt. Durch den nächtlichen Start hofften sie, die Sommerhitze erst irgendwo in der Höhe am Gotthard zu spüren zu bekommen. Auf ihren Gepäckträgern befanden sich ein kleiner Lederkoffer mit Kleidern, Badehosen, Zahnpasta und Zahnbürste. Die freien Nischen im Koffer wurden mit verschiedenen Lebensmitteln wie Beutelsuppen, Büchsenkonserven, und Teigwaren ausgestopft, zudem eine kleine, isolierte Kühlbox mit gekühlten Nahrungsmitteln für die ersten Tage. Diese Lebensmittel hätten sie allerdings am besten zu Hause gelassen, denn auf dieser Reise lebten sie fast ausschliesslich von Wurst und Brot, sie hatten keine Lust und keine Zeit, den kleinen „Meta-Kocher" aufzustellen und damit zu kochen. Ihr Gepäck wäre dann allerdings einige Kilos leichter gewesen. Edi musste nebst seinem Koffer den Metakocher, Teller und Besteck ebenfalls unterbringen. Alex selber hatte einen ganz kleinen Koffer, und eine dicke Rolle mit dem alten "Spatz-Zelt" für zwei bis drei Personen. Jeder hatte seinen Schlafsack dabei. So ausgerüstet waren die drei zum ersten Mal in ihrem Leben allein unterwegs und auf sich allein gestellt. Sie bildeten zusammen eine Gemeinschaft, die volle zwei Wochen zusammen leben und zusammen auskommen musste. Ein angehender Kaufmann, ein Gemeindebeamter in der Ausbildung, und ein Spengler in der Lehre, also drei verschiedene Berufsleute mit drei ganz verschiedenen Ansichten und Interessen mussten jetzt zusammen funktionieren, leben und auskommen. Es war eine neue, interessante Erfahrung, denn bis jetzt wurden ihnen in lebenswichtigen Dingen nur etappenweise Verantwortungen übertragen. Wichtige Entscheidungen wurden ihnen aber noch immer abgenommen. Aber jetzt waren die drei auf sich allein gestellt. Schon auf der nächtlichen Fahrt zeigten sich die ersten Probleme. Max war in der Nähe der Astridkappelle am Vierwaldstädtersee, als erster müde und schlug eine längere Pause vor. Sie hielten kurz an und diskutierten über den weiteren Weg. Edi und Alex wollten aber möglichst lange fahren, wenn möglich bis ans Ende der Axenstrasse. Die Strassenkarte wurde konsultiert, einstimmig einigten sie sich dann auf eine lange Rast bei der "Tellskapelle". Diese alte Kapelle steht am Ufer des Vierwaldstättersees, an der Axenstrasse, drei Kilometer südlich des Dorfes Sisikon. Sie fanden, dieser Platz würde sich sicher für eine längere Rast eignen. Er liegt an der Tellsplatte, dort wo gemäss der Sage Wilhelm Tell vom Boot des Landvogts Gessler gesprungen sein soll. Bereits 1388 wurde hier eine Kapelle errichtet und als "Heilig Hüslin" erwähnt. Ein Neu- oder Umbau erfolgte 1590. Die heutige Kapelle wurde 1880 neu erbaut. Sie ist mit Fresken des Malers Ernst Stückelberg ausgeschmückt, sie zeigen den Apfelschuss (in Altdorf), den Tellsprung (auf die Tellsplatte), Gesslers Tod in der Hohlen Gasse (bei Küssnacht) und den Rütlischwur (Wiese auf der gegenüberliegenden Seite des Urnersees). Ein Halt an jener Stelle würde sicher interessant sein. Nach einem Brunzhalt, einem grossen Schluck Mineralwasser und ein paar tiefen Zügen aus einer anregenden Zigarette stiegen sie wieder gestärkt und voll motiviert in die Pedale. Küssnacht, Weggis, Brunnen und dann endlich das kleine Schild "Tellsplatte". Endlich konnten sie ihre müden Knochen und den armen, schon leicht lädierten Hintern ins Gras legen. Eine Servela mit einem Mütschli brachte ihre Hungergefühle wieder in Ordnung. Nach einem fast einstündigen Schlaf kehrten ihre Lebensgeister langsam wieder zurück. Bei dieser geschichtsträchtigen Kapelle frischten sie ihre schon längst vergessenen Kenntnisse der Tellsage wieder auf. Trotz immer noch müden Beinen stiegen sie auf unsere Drahtesel und radelten weiter. Altdorf, Erstfeld, Silenen, Wassen mit dem berühmten Kirchlein, Göschenen. Automatisch, wie in Trance pedalten sie über die teilweise mit Pflastersteinen belegte Strasse durch die Ortschaften. Max und Edi mit ihren älteren Fahrrädern ohne Übersetzungen hatten mit den Steigungen am meisten Mühe, dafür mussten sie weniger Gepäck auf dem Gepäckträger mitschleppen. Mit Alexes „Sturmey" Übersetzung ging`s ihm trotz mehr Gepäck viel leichter. Endlich, nach einem dunklen, unbeleuchteten, fast schwarzen Tunnel zeigte sich die Teufelsbrücke in der Schöllenenschlucht. Ein willkommener, längerer Halt in der kühlen Schlucht gab ihnen die Gelegenheit, den alten Saumpfad und die tobenden Wasser der Reuss zu bewundern. Die Sonne war schon hinter den Felswänden verschwunden, es wurde langsam kühl. Also los, ihr Ziel, das Ursener Tal war ja nah, nochmals aufsteigen und ab gings, ihrem nächsten Ziel entgegen, dem bis jetzt noch unbekannten schönen Platz zum Aufstellen des Zeltes. Todmüde fanden sie dann ein Plätzchen an der Furkareuss. Schnell wurde das Zelt aufgestellt, dann der antike Metakocher ausgepackt und in Gang gesetzt. Mit frischem, kaltem Wasser aus dem nahen Fluss wurde die Pfanne gefüllt und aufgesetzt. Ihr Spaghettiwasser wurde nur ganz langsam heiss, sie stürzten sich deshalb schnell in die Badehosen und nahmen unterdessen ein Bad im eiskalten, erfrischenden Bach. Ein Pfund Teigwaren, Salz und eine Dose Hero-Sugo bildeten dann ihr erstes, aber gut gelungenes, selbstgemachtes Festessen. Diese erste Feriennacht im Zelt war ein spezielles Erlebnis. Die Stille wurde nur durch das leise Rauschen der Furkareuss und das Gebimmel einiger Kuhglocken unterbrochen. Am andern Morgen erwachten sie erst lange nach Sonnenaufgang aus einem tiefen, erholsamen Schlaf. Ein starker, schwarzer Nescafé, ein grosses Stück Brot mit Butter und mit einer dicken Scheibe Käse brachte ihre Unternehmungslust einigermassen auf Touren. Sie konnten schon bald die etwa dreissig Kilometer über die Pass-Strasse nach Airolo in Angriff nehmen. Das einzig Schwierige des heutigen, zweiten Tages würden die Velobremsen sein, aber es wird sich ja bald zeigen, was diese aushalten können. Alles wurde sauber zusammengeräumt, auf die Gepäckträger geladen und festgebunden, dann starteten sie und erreichten schon bald Hospental und dann begann die Steigung auf die Passhöhe. Sie liessen sich Zeit, genossen die Gegend und das schöne Wetter, sie schauten den scheuen Murmeltieren unten an der Gotthardreuss zu. Gelegentlich überholte sie ein Auto mit einer geöffneten Motorhaube und dampfendem Kühler oder selten sogar ein langsamer Lastwagen. Dies war dann immer eine Versuchung, denn mit einem kleinen Spurt könnte man die Lastbrücke erreichen und sich mit einer Hand daran festhalten und ziehen lassen. Sie verzichteten aber aus zwei Gründen: Erstens war es verboten und gefährlich, denn wenn der Laster plötzlich bremsen würde, wären ihre Fahrräder nicht zu bremsen und somit im Arsch und damit die Ferien zu Ende. Zweitens wollten sie ja die Strecke aus eigener Kraft zurücklegen. Alles funktionierte heute einfach und gut, das einzige Problem war die verdammte Pflastersteinstrasse. Bergauf ging`s ja noch, das hielten die Felgen noch gut aus, aber dann bergab, die Tremola, nun sie würden ja sehen. Also los! wieder in die Sättel. Eine Stunde später, so um die Mittagszeit erreichten sie mit Rückenwind und frierend die Passhöhe. Zwischen den paar kleinen Seen führte die Strasse direkt zum Museo di San Gottardo. Neben dem Gebäude stand eine Holzhütte, darin, im Windschatten stand ein Mann mit einem schneeweissen Vollbart, mit einem Filzhut und einem alten, grünen Militärmantel bekleidet. Auf seinem glühenden Grill lagen einige herrlich duftende Bratwürste. Sie konnten nicht anders, sie mussten ihre Reserven anzapfen, hier konnten sie nicht widerstehen. Eine kühle Flasche Bier im Restaurant bildete den krönenden Abschluss ihres Gotthardaufstiegs.

Danach folgte die gewagte Abfahrt über die total mit Pflastersteinen belegte Tremola. Die Mitte der Strasse war mit roten Steinen markiert. Hier wurden unsere Fahrkünste gefordert. Die 37 Spitzkehren waren sehr anspruchsvoll, besonders wenn dann die Kurven durch einen schweren Laster oder durch einen grossen Reisecar aus dem Norden verstopft waren. Chauffeure aus dem topfebenen Holland hatten am Gotthard oft Mühe, sie waren ängstlich und wagten die Weiterfahrt auf den engen Passstrassen nicht mehr. Diese mussten dann durch erfahrene Schweizer Chauffeure für die Fahrt ins Tal ersetzt werden. Oft steckten Wagen fest, weil sich die Motoren überhitzten und das Kühlwasser kochte. Bei unseren Fahrzeugen kochte kein Wasser, dafür überhitzten sich die Bremsen so stark, dass die kleinen Bremsklötze beinahe schmolzen. Wegen dem starken Gegenverkehr war ein Überholen der Fahrzeuge oft schwierig, aber ohne das Ausnützen der Gegenfahrbahn war die Weiterfahrt oft gar nicht möglich. Damals war das Überqueren des Gotthards eben noch ein Abenteuer! Die Weiterfahrt durch die Leventina überstanden sie dann problemlos. Gegen Abend stand ihr Zelt nahezu felsenfest beim Lido von Locarno. Sie waren stolz, denn damals, vor bald siebzig Jahren, war ihre Fahrt eine beachtliche Leistung!

Die nächsten acht immer schönen, sonnigen Tage nützten sie mit Schwimmen im Lago Maggiore, sie machten Erkundungsfahrten, natürlich immer im Sattel, in die Täler. Sie sahen viel und lernten den Tessin von seiner schönsten Seite kennen. Eine Fahrt über die Grenze nach Italien, knapp fünf Jahre nach Kriegsende, war für sie etwas ganz besonderes, es war für die drei die erste Fahrt über die Grenze. Am Zoll wurden sie von Zollbeamten angehalten und auf italienisch angesprochen. Sie verstanden natürlich nur Bahnhof. Ein Schweizer Zöllner kam dann den Italienern als Dolmetscher zu Hilfe. Die uniformierten Herren wollten einfach wissen, ob sie Pässe hätten und wohin sie wollten. Pässe hatten sie natürlich keine, darum empfahl ihnen der nette Tessiner Zöllner eine Tageskarte mit dem Ziel Stresa. Diese Tageskarte war ein handgeschriebener Zettel und kostete ein paar Lire, die hatten sie aber nicht, also wechselte ein Fünflieber den Besitzer. Wenn Alex heute an diese Episode denkt ist er ganz sicher, dass dieses Geldstück nicht in die italienische Staatskasse gelangte, sondern später in der Schweiz für Schokolade ausgegeben wurde. Sie fuhren gemütlich durch die malerischen Dörfer dem Lago entlang und wunderten sich über die zahlreichen zerschossenen Häuser. Da standen noch immer viele Ruinen und ausgebrannte Häuser, für die Schweizer ein ungewohnter, unglaublicher Anblick. Der Krieg war doch schon fünf Jahre zu Ende aber die Spuren waren noch immer überall zu sehen. An den Wänden der Ruinen hingen bunte Plakate mit der Aufforderung "votare partito comunista". Auch diese Werbung war für sie neu. Sie schafften die Fahrt nur bis Verbania, ohne Geld war nicht an eine längere Fahrt zu denken. Sie wussten ja nicht, ob ihre damals noch silbernen Franken dort akzeptiert würden, zudem waren sie nach dieser Fahrt schon ziemlich müde. Also ging es nach einer Pause wieder zurück, durch Oggebbio, dann durch das Städtchen Cannobio, an den im See stehenden Ruinen von Cannero vorbei und durch unzählige, enge Kurven zurück nach Brissago. Dort der obligatorische Halt am Zoll und die intelligente Frage "Ha qualcosa da dichiarare?"oder auf deutsch "nichts zu verzollen?" Was sollten die drei Lehrlinge nach einem Kurzaufenthalt im schönen Land, wo die Zitronen blühen, schon zu verzollen haben? Damit war ihr Erlebnis "Italien" abgeschlossen, aber sie waren stolz, dort gewesen zu sein.

Am nächsten Tag ging`s nach Porto Ronco, dann den Berg hinauf nach Ronco sopra Ascona. Dieses romantische, alte Tessiner Dorf mussten sie doch gesehen haben. Enge Gässlein, schmale Aufgänge, alte Bruchsteinmauern, Wäscheleinen über die Gassen von einem Fenster zum andern, ein Dorf, wie man es sich auf der Alpennordseite nicht vorstellen kann. Dazu die wunderbare Aussicht auf den Lago. Am Brunnen vor der alten Kirche löschten sie den Durst, dann ging`s weiter durch die Kastanienwälder nach Arcegno, dann hinunter nach Losone und über die Maggiabrücke zurück nach Locarno. Die Hitze hatte ihnen zugesetzt, aber ein längeres Bad im Lago brachte die nötige Abkühlung.

So haben sie jeden Tag eine kürzere oder längere Fahrt in die für sie fremden Tessiner Täler unternommen. Sie lernten auf diese Weise den schönsten Schweizer Kanton kennen. Aber auch die schönsten Ferien gehen einmal zu Ende! Am Nachmittag ihrer Abreise packten sie die Siebensachen zusammen, beluden damit ihre frisch gepumpten Fahrräder, sie machten sich für die Rückfahrt bereit. Mühelos pedalten sie die Leventina hinauf, ihre durchtrainierten Glieder machten ohne Probleme mit. Bei einem Stundenhalt vor Biasca löschten sie an einem Brunnen ihren Durst und legten sich für eine kurze Zeit ins Gras. Zum ersten Mal sahen sie die kleinen, leuchtenden Glühwürmchen in den Büschen. Sie alle hatten schon von diesen Tierchen im alten deutschen Berliner

Schlager gehört, konnten sich aber bis jetzt nichts darunter vorstellen. Also schon wieder eine neue Erfahrung. Zügig ging's dann weiter, die ersten Ermüdungen zeigten sich erst in der Steigung der "Tremola". Aber auch diesen, den härtesten Teil des Gotthardpasses schafften sie, wenn auch zum Teil zu Fuss. Irgendwann in der Nacht wurde die Passhöhe erreicht. Der Vollmond erhellte die Gegend gespenstisch. Ein kurzer Halt, eigentlich mehr eine Verschnaufpause genügte ihnen zur Erholung. Schon zeigte im Osten ein heller schwacher Lichtstreifen den kommenden Morgen an. Höchst selten war ein Auto unterwegs und so hatten sie freie Fahrt über die rüttelnde Strasse hinunter ins Ursenental. In der Nähe von Andermatt setzten sie sich ans Ufer der Gotthardreuss. Ein letztes Mal wurde eine Meta-Tablette in den Metakocher gelegt und entzündet und schon bald duftete der Morgenkaffee. Nach dem Frühstück legten sie sich ins Gras und schliefen bald, inmitten weidender Kühe, in der Morgensonne ein. Er weiss nur noch, dass sie nach ein paar Stunden Schlaf erwachten, die Rückfahrt fortsetzten und dann irgendeinmal spät in der Nacht, gut, aber hundemüde zu Hause eintrafen. Für die drei Lehrlinge war diese Ferienfahrt eine wunderschöne und lehrreiche Reise, die sie alle sicher nie vergessen werden. Ein spezielles Souvenir, die Palmen, die sie auf dem Monte Verita verbotener Weise klauten, überlebten den kommenden Winter nicht. Das herbeigesehnte warme Klima existierte nämlich damals erst in den Köpfen der Wissenschaftler, aber noch nicht bei den Menschen nördlich der Alpen!

Klimaveränderung

Eines Tages hörte Alex vom immer grösser werdenden Ozonloch. Ozon hält zum grossen Teil die Haut schädigende und krebserregende UV-Strahlung in der Atmosphäre zurück. FCKW, das Treibgas in Spraydosen- und Flaschen war scheinbar der grösste Ozon-Killer. Fluor-Chlor-Kohlenwasserstoffe wurden dann weltweit geächtet und nach bald dreissig Jahren schlossen sich die Löcher langsam im All und der Schutz vor den UV-Strahlen funktioniert wieder. Eine intelligente und praktische Erfindung, das Treibgas FCKW funktionierte ohne sehr grossen Druck und machte deshalb viele neue Anwendungen möglich. In Spraydosen wurde das Verwenden von vielen Dingen wie Farben und Kosmetika viel einfacher. Was einst durch Pumpen oder Druckluft bewerkstelligt werden musste, erledigte jetzt das Treibgas. An die Folgen dachte aber leider niemand. Wieder einmal machte der Mensch etwas Falsches, aber diesmal musste und konnte er es später wieder korrigieren.

Ein paar Jahre später war dann das Waldsterben das europäische Thema. Ausgedörrte Bäume, vom Sturm gefällte Tannen beschäftigten lange Zeit die Reporter der Schweizer Zeitungen. Man machte uns mit Bildern und Gutachten Angst. Grüne Fanatiker haben die Schweiz ohne Wald, sogar ganz ohne Bäume prognostiziert. Es herrschte beinahe Weltuntergangsstimmung. Man suchte die Verursacher, die Schuldigen dieser Phänomene und hat die Autoabgase und die Emissionen der Industrie als grösste Sünder empfunden. Die Industrie und ihre Produkte, eben zum Teil die Autos, bringen am meisten Arbeit, und tragen deshalb am meisten zum Wohlstand der Menschheit bei. Um diese Emissionen zu bremsen wurden die Produkte zusätzlich mit Abgaben und Steuern belegt.

Als letzte, weltweite Katastrophe kam später die Klimaerwärmung dazu und die hat sich bis heute gut erhalten. Die Gründe sind vielfältig und seit langem bekannt. Als neue und grobe Sündenböcke werden jetzt auch die Kühe mit ihren Fürzen erwähnt. Aber wie soll man den Rindern das Furzen verbieten? Okay, man könnte ihnen vielleicht einen Filter oder sogar einen Katalysator einpflanzen oder man könnte sogar ein Rinderverbot aussprechen. Aber mit dieser blöden Idee könnte man höchstens ein wenig die Schweizer Luft verbessern. Zudem ist sich die Wissenschaft über die Auslöser dieser Veränderungen gar nicht einig. Die einen beweisen mit Theorien und Zahlen dass die Klimaveränderung von Menschen gemacht ist, die andern beweisen mit Berechnungen das Gegenteil. Aber wem kann man heute schon glauben? Klar, die Politiker schlossen sich der Katastrophentheorie an, denn nur damit konnten Gebühren und Abgaben kassiert werden. Gewisse Politiker wollen mit den theoretisch drohenden Katastrophen auf einfachste Weise dem Volk mit zusätzlichen Abgaben möglichst schnell viel Geld aus der Tasche ziehen. Um diesen Steuern einen plausible Notwendigkeit zu geben, tarnen sie die zusätzlichen Einnahmen als "Lenkungsabgaben".

Bis jetzt hat dies alles gar nichts genützt. Auf der ganzen Welt werden Konferenzen abgehalten, man diskutiert, man unterzeichnet Verträge man spricht von Möglichkeiten und geplanten Massnahmen. Die Wissenschaftler behaupten, Klimaveränderungen habe es schon immer gegeben, davon würden die vielen Funde zeugen wie zum Beispiel die Meermuscheln im Jurakalk oder die versteinerten Überreste von tropischen Pflanzen und Tieren. Was soll also die Aufregung? Neuerdings wurde sogar festgestellt, dass gewisse Gletscher wieder wachsen. Aber das Polareis und die Gletscher schmelzen seit Jahren schneller. Früher reichten die

Gletscher bis an den Jura und schmolzen seit damals, aus welchen Gründen auch immer, mehr oder weniger schnell. Damals gab es aber noch keine Flugzeuge, keine Autos und keine Industrie. Wer war also schuld an jener Umweltkatastrophe? Man hat damals keinen Schuldigen gesucht und hätte auch keinen gefunden. Aber jetzt werden die Meere immer wärmer, der Wasserspiegel steigt dramatisch an, Städte am Meer sind bedroht, ganze Inseln sind dem Untergang geweiht, die Wüsten wachsen, Stürme werden zu Orkanen, Überschwemmungen bedrohen grosse Gebiete. Um dies alles zu bremsen oder sogar zu verhindern wird alles nur Mögliche und Unmögliche probiert. Die Menschen glauben, sie könnten die Natur durch ihr Verhalten positiv verändern. Aber die Natur lässt sich nicht bestechen, auch durch neue Abgaben nicht!

Co2 und Abgase sind Klimakiller und sollen reduziert werden, fossile Brennstoffe wie Erdöl und Erdgas sollten möglichst schnell durch nachwachsende Energien ersetzt werden. Da kamen doch ganz schlaue Wissenschaftler und die Autoindustrie auf die Glanzidee, Palmen zu pflanzen, um aus dem Palmöl Treibstoff als Dieselersatz zu gewinnen. Man will damit die Bodenschätze schonen, das heisst, man glaubte damit Erdöl und Kohle teilweise ersetzen zu können. Diesen Quatsch wagen moderne Denker zu empfehlen! Denn für diese Pflanzungen wird Boden benötigt. Um aber den nötigen Boden für die Palmenpflanzungen gewinnen zu können, werden die Regenwälder rigoros abgeholzt. Aber die Regenwälder sind die Lungen der Erde, sie produzieren aus dem verfluchten CO2 den von allen Lebewesen benötigten Sauerstoff. Heute werden dort die Regenwälder abgeholzt und Ölpalmen als Kulturpflanzen angebaut, aber diese können niemals die Funktion der Regenwälder ersetzen. Durch dieses Eingreifen der intelligenten Menschheit in die Natur werden die Lungen der Erde, in erschreckender Weise dezimiert. Der Boden liegt blank, erodiert und kann das Wasser nicht mehr speichern, dadurch gibt es mehr Überschwemmungen. Klimaforscher behaupten die Klimaveränderung werde durch das Verschwinden der Regenwälder stark beschleunigt. Die Deutschen sind die Schlauesten. Die haben doch blitzschnell, als Reaktion auf einen Atommeiler-Unfall alle ihr AKW`s abgestellt. Die fehlende Energie machen sie auf eine ganz intelligente Art wett: Sie holzen grosse Flächen Wald ab und fördern an seiner Stelle wieder den verpönten und grössten Umweltverschmutzer, die Braunkohle. Damit produzieren sie Wärme und Energie und sind noch stolz auf diese grüne Errungenschaft.

Die heute noch mit Diesel und Benzin betriebenen Autos werden in wenigen Jahren durch moderne Elektro-Autos ersetzt sein. Wo und womit dieser Strom in Zukunft hergestellt wird weiss heute noch niemand. Sicher ist nur eines, bis heute kommt er aus der Steckdose und später wahrscheinlich aus dem Ausland.

Krampfhaft sucht man nach guten Lösungen und Möglichkeiten. Die Hilfe und die Leistungen der Industrieländer an die Entwicklungsländer wie günstige Kredite, Finanzspritzen und Hilfe beim Aufbau von Industrien sind super aber sie heizen die Umweltverschmutzung an. Es scheint als würde jede Massnahme zur Rettung des Klimas und der Natur nur kontraproduktiv wirken.

Seit 2018 demonstrieren sogar Kinder gegen die Klimaerwärmung. Statt in der Uni zu studieren marschieren die Kinder und die Studenten jeweils am Freitag in organisierten Demonstrationen und Umzügen mit. Ich frage mich „warum nicht am freien Samstag, denn dann hätten doch Professoren und Studenten frei". Mit den Demos sollten den Regierungen klar gemacht werden, dass ein

Notstand herrscht und dass die Politiker endlich etwas Konkretes unternehmen sollten. Die Idee ist zum Teil sehr gut, sie hat aber zwei Seiten. Die gute Seite schreckt die Politiker auf und erinnert sie an gemachte Versprechen. Die schlechte Seite hat nur einen Fehler, diese Kinder und Demonstranten wollen etwas ändern, aber auch sie wissen nicht wie und wo. Zudem verhalten sie sich wie die Politiker, die mit Auto und Chauffeur oder Flieger, allein durch die halbe Welt an Konferenzen fahren. In den Ferien werden sie sicher möglichst mit dem von ihnen verfluchten Flugzeug weit weg verreisen. Es ist halt verdammt schwierig etwas zu predigen, zu fordern und dann selbst auch noch tun. Klar, man kann als Student diese „Untat" als Weiterbildung abbuchen.

Aber das Allerschönste an diesen Demos waren die Reportagen. Da sah man Bilder von tausenden von marschierenden Schülern und Lehrern in Demonstrationsumzügen. Aber sie taten dies mit dem besten Gewissen, mit dem Plakat „Klimaschutz" in der einen und mit dem I-Phone in der andern Hand oder am Ohr. Diese unverzichtbaren Wundergeräte werden von ihren Besitzern immerhin im Durchschnitt zwei Stunden am Tag verwendet und geben deshalb pro Jahr und pro Handy ca 2500 Kilo CO_2, also das unglaubliche Gewicht von 2,5 Tonnen im Jahr pro Handy oder I-Phone, in die Atmosphäre ab. Die Benützer dieser modernen Geräte nehmen die Verschandelung der Natur durch tausende von neuen Sendemasten in Kauf. Es ist doch klar, die heutigen i-Phons kann man nicht mehr verschwinden lassen, sie sind ein Teil unserer Kultur wie Radio und Fernsehen. Die Wirkung der Strahlung dieser Geräte auf den Menschen wurde bis heute durch keine Forschung untersucht. Vielleicht würde damit ein schreckliches Erwachen ausgelöst. Durch das hochgejubelte 5G werden nochmals unzählige von diesen künstlichen Metallbäumen nötig, allein in Österreich ca 10`000 und dies nur um vermeintlich interessante und wichtige Mitteilungen noch schneller zu übermitteln, oder um bald selbstfahrende Autos auf den Strassen oder selbstfliegende Flugzeuge in der Luft zu sehen. Wenn ab und zu eine Facebook-Meldung bei Alex auf dem Computer eintrifft kann er sich als alter Sack nur über den intelligenten und wichtigen Inhalt wundern.

Für diese freche Bemerkung möchte er sich jetzt gleich entschuldigen!!!

Der langerwartete Sommer kommt immer näher und damit die Ferienzeit. Die Schweiz ist ein Ferienland und tausende von Gästen werden uns besuchen. In Luzern werden sie die Uhrengeschäfte leerkaufen, dann wird der Pilatus, die Rigi, das Jungfraujoch oder sonst noch ein paar weltbekannte Hügel besucht, und schon reisen die Touristen weiter ins nächste Land. In der Ferienzeit wird sicher an keinem Freitag protestiert, denn dann ist man ja irgendwo in der Ferne am Meer, geniesst die Sonne, das Wasser, die Pasta und was sonst noch dazu gehört. Aber die Strecke dorthin wird sicher nicht zu Fuss zurückgelegt, es ist ja kein „Jakobsweg"! Und diese schönste Zeit des Jahres und schliesslich auch noch den Weg dazu, möchten uns die Demonstranten mit zusätzlichen Abgaben vergällen. Der Schweizer Tourismus brachte lt. Bundesamt für Statistik im Jahre 1917 mehr als 44 Milliarden Umsatz und trägt damit einen grossen Teil zum Schweizer Einkommen und Wohlstand bei. Ein ganz grosser Teil dieses Tourismus wird nur Dank den modernen Transportmitteln, wie Auto und Flugzeug, möglich und diese Möglichkeiten wollen gewisse Politiker und die angeheuerten Demonstranten durch zusätzliche Abgaben torpedieren.

Alex findet, die Wahrheit sei manchmal unbequem und oft dürfe man sie gar nicht erzählen – aber er wagt es dennoch:

Auf unserer guten, alten Erde befinden sich ganz einfach ein paar Milliarden Menschen zu viel! und gegen diesen Anstieg der Bevölkerung nützen auch die höchsten Abgaben und Gebühren nichts! 1950 bevölkerten 2,5 Milliarden Menschen die Erde, Anfang 2015 also nach nur 65 Jahren waren es schon fast 8 Milliarden, die Erdbevölkerung hat sich also in diesen 65 Jahren gut verdreifacht. Dies entspricht einem Wachstum von rund 80 Millionen pro Jahr. Im Jahre 2100, also schon in einem Menschenalter, in 80 Jahren, werden geschätzte 13 – 14 Milliarden Menschen auf der Erde Platz, Arbeit, Nahrung, Wasser und Luft finden müssen. Wie soll das weitergehen? wie soll das überhaupt möglich sein? Diese Fragen können nicht durch Abgaben und Steuern gelöst werden! Um all das zu beantworten braucht es ein wenig mehr Weitblick. Das sind doch wichtige Fragen, die meines Wissens noch kein Politiker beantworten konnte oder wollte. Nur eines ist sicher, dieses Wachstum wird in einer gewaltigen, schon jetzt vorprogrammierten Katastrophe enden, so geht`s doch nicht weiter! Seuchen und Kriege haben einst die Menschheit dezimiert, aber heute schaltet die Medizin die natürliche Auslese aus. Schon jetzt sind viele Länder überbevölkert, die Geburtenkontrolle wäre ein Mittel dagegen, sie wird aber durch Armut, Kulturen oder Religionen ausgeschaltet. Die Nahrungsmittel reichen schon heute in vielen Ländern nicht mehr aus. Ein Viertel der Menschheit, etwa zwei Milliarden Menschen, hat heute schon Hunger. Im Jahr 2100 sind es dann gut vier Milliarden. Gegen den Hunger in den Entwicklungsländern nützt auch eine Nahrungsumstellung von weniger Fleisch auf mehr Pflanzliche Kost nicht viel. Also werden die fehlenden Fressalien anderswo produziert und dann an die armen Länder verkauft. Das Trinkwasser wird jetzt schon vielerorts knapp. In absehbarer Zeit wird sich die Menschheit die Köpfe einschlagen um an Trinkwasser zu gelangen. Heute ist der grösste Teil der europäischen Mineralwasserproduktion im Besitz einer einzigen, grossen und cleveren Firma, die sich schon jetzt für die Zukunft abgesichert hat.

Also vergessen wir doch alles Unangenehme, wir können doch nichts mehr ändern, der Lauf der Zeit ist nicht mehr zu stoppen. Lassen wir den Wissenschaftlern und Politikern den irren Glauben, sie könnten durch Massnahmen und Gebühren die Natur verändern und die drohenden Katastrophen verhindern oder verzögern!

Komische und kritische Gedanken zur Umwelt

Wir Menschen sind so unheimlich intelligent. Wir bringen die Ökologie der Flüsse und Meere durch unser Einbringen von Abfall und von Giften aller Art zum Kippen. Früher wurde alles Mögliche einfach im Meer versenkt. So sollen sich noch heute in der Adria mehrere hundert Eisenfässer mit Gift aus dem zweiten Weltkrieg im Meer befinden. Dort rosten diese friedlich dahin und werden eines Tages die Welt erschrecken!

Im Internet kann man lesen: „*Tausende Tonnen deutscher Kampf-stoffe wurden in der Endphase des Zweiten Weltkriegs in aller Eile vor Italiens Ostküste versenkt – mindestens 1400 Tonnen Chemie-waffen allein vor Pesaro. Damals wurde viel über diese Giftfässer, die da am Adria-Grund vor dem Absatz des italienischen Stiefels allmählich durchrosten, geredet und geschrieben. Man stritt sich, wer von den beiden betroffenen Nationen, Jugoslawien oder Ita-lien, die gefährliche Zeitbombe bergen sollte. Aber wie so oft kam bei diesem Streit nichts heraus – niemand hat bisher versucht, die Urlauber, die dort baden und die dort gefangenen Fische verzeh-ren, vor dem tödlichen Gift zu schützen.*"

An alle Wiederholungen, an alle immer wieder ausgesprochenen Warnungen gewöhnt man sich mit der Zeit. So wurde es still um diesen Fall eklatanter Umweltvergiftung. Diese Fässer rosten, seit mehr als 70 Jahren, sicher schön langsam durch und eines Tages wird sich der giftige Inhalt ins Meer ergiessen. Was dann mögli-cherweise passiert darf man sich nicht vorstellen!

Vor wenigen Jahren machte Alex in der Toskana einen Ausflug auf den Monte Argentario. Von Orbetello fuhr er zuerst über einen

Damm, dann auf einer breiten, asphaltierten Strasse bergauf. Die schöne Strasse war irgendeinmal zu Ende und was dann folgte, war eine holprige Fahrt wie in einem Bachbett. Tiefe Gräben, vermutlich von Lastwagenrädern produziert, durchzogen den Fahrweg. Er versuchte seinen Wagen zwischendurch zu steuern und hatte dabei die grösste Mühe, nicht in eine tiefe Spur zu rutschen und dabei aufgebockt zu werden. Es hat sich trotzdem gelohnt, die Aussicht über das tiefblaue tyrrhenische Meer war wunderbar. Die steilen, von meterhohen, gelb blühenden, stark nach Honig duftenden Ginsterbüschen bildeten einen herrlichen Kontrast zur Weite des blauen Meeres. Er genoss die traumhafte Aussicht, aber dann musste er sich losreissen und die Fahrt fortsetzen. Weit unten, in der Nähe des Hafenstädtchens Porto Ercole erreichte er wieder die Zivilisation. Dort wo die Strasse über dem Meer entlang führte, lag alles nur Erdenkliche wie Kühlschränke, Waschmaschinen und sogar alte Autos, einfach entsorgt im Meer. Auf dem Wasser schwamm Kehricht, Papier, Plastic, es war einfach eine grosse Mülldeponie. Und das alles in dieser traumhaft schönen Landschaft.

Im Internet finden sich sehr viele Angst machende und mahnende Artikel wie dieser: *"In den Meeren treibender Plastikmüll wird durch Wellenbewegung und UV-Licht auf Dauer zerkleinert, wobei ein immer höherer Feinheitsgrad bis hin zur Pulverisierung erreicht werden kann. Bei einem hohen Feinheitsgrad wird das Plastikpulver von verschiedenen Meeresbewohnern und unter anderem auch von Plankton mit der üblichen Nahrung aufgenommen. Angefangen beim Plankton steigen die Plastikpartikel, an denen giftige und krebsverursachende Chemikalien wie DDT und polychlorierte Biphenyle anlagern, in der Nahrungskette immer weiter auf. Auf diesem Weg gelangt der Plastikmüll mit den anlagernden Giftstoffen auch in die für den menschlichen Verzehr bestimmten Lebens-*

mittel. Die grösste Mülldeponie befindet sich im Pazifik. Der östliche Teil der Deponie ist zwischen Japan und Hawaii, der westliche zwischen Hawaii und den USA. Der westliche Teil hat die doppelte Größe von Texas. Man nimmt an, dass beide Teile zusammengenommen sogar 2x dem US-Festland entsprechen, und das bei einer Tiefe von geschätzten 10 bis 30 Metern. Der Inhalt besteht aus allem nur Möglichen und Unmöglichen wie Badeenten, Babyflaschen, Wasserflaschen, Angelgeräten, Anzündern, WC-Deckeln, Shampooflaschen, Haarspülungsflaschen, Waschseifeflaschen, Milchkännchen, Bewegunganlagen, Spielzeugen, Bierkühlern, Tupperware, Swiffers, Kunstrasen, Haartrocknern, Kleinkindbaden, Kübel, Zahnbürsten, Tamponapplikatoren, Frischhaltefolien, Plastiksäcken, Legosteinen, Klettverschlüssen, CDs und DVDs, Schuhen, Tassen, Tellern, Rosaflamingos, Spielballs, Klebestiften, Klimageräten, Kathetern, Gartenschläuchen, Erotikspielzeugen, Kreditkarten, Silikonbrustimplantaten, Gummischuhen, Styropor, Kontaktlinsen, Helmen, Besteck, Kugelschreibern, Strumpfhosen, Frisbees, Abfallbehältern, Teflonpfannen, Kondomen, Puppen, Blumen, Bilderrahmen, Dämmstoffen, Sprinklern, Brillen, Feuerspritzen, Zahnseide, Wasserballs, Kühlschranktüren, Tragbeuteln, Müllsäcken, Hula-Hoop-Reifen, Plexiglas, Teppichen, Luftbefeuchtern. "

Es ist einfach unvorstellbar, was wir Menschen für Idioten sind. Wir wissen genau, wie alles sein sollte, wir haben für jedes Fehlverhalten eine Strafe bereit und unsere Regierungen glauben, mit Gebühren könne man alle Probleme lösen, sie hoffen, alles würde sich auf diese Art wieder normalisieren.

Kürzlich haben unsere Wissenschaftler sogar festgestellt, dass die bei allzu hoher Ozonbelastung vorgeschriebene Reduktion von Tempo 120 auf 80 Kilometer gar nichts nützte. Man wusste dies sicher schon seit Jahren, änderte aber die Vorschriften nicht und hielt an einem nichts nützenden alten Zopf fest. Ein Kaminfeger könnte mit seinen Messgeräten diese Messung bestimmt schon nach einer Woche veröffentlichen und brauchte nicht zehn Jahre dazu. Wenn zu viele Lastwagen am Gotthard unterwegs sind, wird "die Phase rot" verhängt. Weil sie zum Teil verderbliche Ware transportieren oder weil bei grosser Hitze oder Kälte die Klimaanlage laufen muss stehen die Fahrzeuge mit laufendem Motor auf der Wartespur. Ob sie sich bewegen oder nicht, die Abgase werden an die Luft abgegeben. Manche Politiker und Umweltschützer glauben, man könne mit der "Phase rot" die Schadstoffe in der Luft reduzieren. Aber das stimmt leider nicht. Trotzdem wird an diesem eigentlich unnützen Lastwagenstop festgehalten und man hofft, dass diese Abgase, die im Stillstand entstehen, die Alpen nie erreichen, sonst wäre ja sogar die Alpenschutz-Initiative nutzlos gewesen.

Im Ausland zahlen wir Schweizer für jeden mit dem PW gefahrenen Kilometer Mautgebühren, zum Teil sogar zusätzlich Tunnel- oder Brückengebühren. Die Schweiz dagegen verlangt für einen PW nur 40.- Franken Jahresgebühr. Mit dem Einlösen der Vignette ist die Jahresgebühr für die dauernde Benützung aller Schweizer Autobahnen beglichen.

Die Strecke Basel-Chiasso misst ca 305 km Autobahn.

Für die gleiche Strecke zahlt man in Italien ca 10 Rappen pro Km = Fr. 30.50

plus Tunnelgebühr (Vergleich Montblanc + Seelisberg + Gotthard) ca Fr. 60.- Im Ausland würde die Fahrt über unsere Nord-Südachse mehr als das Doppelte kosten.

Bei den LKW's ist die Differenz noch viel grösser. Warum macht die Schweiz nicht bald eine Anpassung? Um Feriengäste, die unsere Schweiz nicht nur als Transitland ohne Halt benützen nicht zu verärgern, könnte man übernachtenden Hotelgästen sogar die Vignette schenken.

Durch geeignete EU-ähnliche Strassengebühren würde sicher der Lastwagenverkehr am Gotthard und der generell belastende Durchgangsverkehr in die richtige Bahn gelenkt. Im Ausland wurde schon beim Baubeginn der Autobahnen mit dem zukünftigen Verkehr gerechnet, man baute von Anfang an mehrere Spuren. In der Schweiz dagegen muss sich heute der Verkehr der Kapazität der Strassen anpassen. Wenn sich durch die frühere falsche Planung mehrere Strassen auf eine einzige, wie zum Beispiel am Gotthard reduzieren, entsteht halt der berühmte Stau. Wären wir doch weltweit beim Verkehr mit Ross und Wagen geblieben, diese Probleme wären nie aufgetreten und wir müssten andere Gründe für die Klimaerwärmung suchen!

Im Internet findet man folgenden Artikel:

Ein einziger, mittelgrosser Baum bindet durchschnittlich 6 kg CO_2 pro Jahr. Für einen europäischen Mischwald bedeutet dies die Bindung von 4-12 Tonnen CO_2 pro Hektar und pro Jahr.

Der tropische Regenwald bringt es auf der gleichen Fläche im gleichen Zeitraum sogar auf unvorstellbare 55 Tonnen CO_2!

Hält man aber den pro-Kopf-CO_2-Ausstoss dagegen, relativiert sich diese Menge ganz schnell: Ein einziger Mensch verursacht einen durchschnittlichen CO_2-Ausstoss von etwa 12 Tonnen im Jahr (Brutto CO2-Fussabdruck pro Jahr pro Kopf in der Schweiz). Umgerechnet würde das bedeuten, dass etwa sechs mittelgrosse, gesunde Bäume nötig sind um die pro Jahr ausgeatmete Luft eines einzigen Menschen zu neutralisieren! Wer wagt es, diese Zahl auf die gesamte Weltbevölkerung hochzurechnen und dieser Zahl die sinnlose Abholzung und Vernichtung unserer Urwälder gegenüber zu stellen?

Wir holzen die Regenwälder ab ohne uns dabei im Klaren zu sein, dass dies eigentlich unsere grünen Lungen, unsere Sauerstoffproduzenten sind. Mit dem Abholzen wird für Plantagen Raum geschaffen. Zum grossen Teil werden auf den abgeholzten Flächen Monokulturen von Ölpalmen angepflanzt um so die Erdölvorkommen zu schonen. Wir produzieren Treibhausgase und erwärmen scheinbar dadurch unseren blauen Planeten. Eigentlich tun wir alles Menschenmögliche um unsere Umwelt unbewohnbar zu machen. Heute versuchen wir, alle diese Sünden mit Vorschriften und Abgaben, wieder rückgängig zu machen. Es liegt scheinbar in der Natur der Menschheit, zuerst zu sündigen und nachher Busse zu tun, oder eben zu zahlen. Wenn ich im Internet lese, dass ein Jogger mehr Abgase und damit mehr CO_2 produziert als ein Offroader in voller Fahrt oder eine Kuh beim Furzen und Gorbsen, stellen sich schon gewisse Fragen. Vielleicht haben die grünen Politiker darauf eine Antwort? Man könnte Joggen und alle anstrengenden sportlichen Aktivitäten verbieten, oder eben nach der grünen Idee, mit Lenkungsabgaben belegen. Wir können viel tun, aber die grössten Sünder, nämlich die Vulkane und das Meer, können wir noch nicht still legen, vielleicht gelingt uns dies auch noch.

Eigentlich verhalten wir Menschen uns ganz natürlich, wir vermehren uns ähnlich wie meine weissen Mäuse damals. Diese haben sich ebenfalls rasant vermehrt und als der Käfig zu klein wurde, haben sie sich gegenseitig aufgefressen. Es gibt aber einen kleinen Unterschied: Wir Menschen leben zum Teil nach einer gewissen Ethik und können denken, die weissen Mäuse wahrscheinlich nicht! Es ist schon komisch. Die Bewohner der ärmsten Länder der Welt flüchten in die reichen Länder, um dort ein besseres Leben zu erreichen. Wir Europäer gehen aber in jene Länder in die Ferien, denn dort herrscht schönes, meist warmes Wetter. Wir finden das einfache Leben dort viel schöner, auch wenn es nur für zwei Wochen ist. Viele Manager der reichen Länder flüchten in abgelegene Ecken dieser Erde um der überladenen Zivilisation zu entfliehen. Alex kennt solche, die haben mit sechzig dem Beruf den Rücken gekehrt, sich ein paar Ziegen oder Schafe angeschafft und leben heute abgeschieden, ohne fliessendes Wasser und ohne Strom, irgendwo als Aussteiger in den Bergen. Auch so kann man gut leben solange alles im Hintergrund für einen notfallmässigen Ortswechsel bereit steht.

Das morgendliche Ritual

Der morgendliche Gang ins Badezimmer endet wie immer vor dem grossen Spiegel. Das vorangehende Aufstehen macht Alex noch keine Probleme, mit einem Schwung des linken Beines wirft er die nordische Bettdecke in die Mitte des breiten Bettes, dann stellt er beide Beine zusammen auf den weichen Berberteppich, stosst mit beiden Händen seinen immerhin fünfundachtzig jährigen Körper in die Höhe. Auf diese Art sollte er sich aber auf Anraten des Arztes nicht erheben, denn so könnte ihm bei niedrigem Blutdruck schwindlig werden. Es wäre viel besser, wenn er alle diese Bewegungen schön langsam ausführen würde. Niedriger Blutdruck? Davor warnt ihn der Arzt und vor den Folgen, verordnet ihm aber gleichzeitig Blutdruckmittel, denn diese Tabletten wären für ihn lebenswichtig weil sein Blutdruck normalerweise zu hoch sei. Da soll doch noch jemand die Welt begreifen. Dann macht er seine ersten drei Schritte zur Schlafzimmertüre, drückt die Türklinke ganz langsam nach unten und öffnet die Türe möglichst ohne Geräusche, um seine Partnerin, die Berti, ja nicht zu wecken. Im Winter geht das meistens ganz gut, dann ist die Luft sehr trocken, das Volumen der Holztüre nimmt ab und die Türe klemmt nicht mehr. Aber im Sommer, wenn die Luftfeuchtigkeit zunimmt, entstehen beim Öffnen und Schliessen oft quietschende Geräusche. Diese versucht Alex zu verhindern, indem er mit der linken Hand die Türe etwas anhebt und dadurch die Angeln entlastet, mit der rechten Hand etwas Druck auf die Kante ausübt und damit die Türe einen kleinen Millimeter nach oben drückt. Geschafft! Möglichst leise verlässt er das Zimmer und schliesst die Türe mit all den beschriebenen Vorgängen. Über einen handgeknüpften Perser Teppich durchquert er den Vorraum. Dieser Perser ist viel weniger weich als der Berber im Schlafzimmer, aber er bietet mehr Halt und durch seine Festigkeit einen viel sicheren Tritt! Das helle Badezimmer mit der wunderbaren Bodenheizung, mit der runden, eingebauten Dusche und mit der dunkelgrünen Badewanne daneben, lädt wie gewohnt zur erfrischenden Dusche oder zu einem gemütlichen Bad. Heute entscheidet er sich für eine Dusche, das geht viel schneller, zudem kann man damit die Blutzirkulation mit dem Wasserstrahl der Brause kräftig anregen. Nach etwa drei Minuten heissem und kaltem Wechselbad fühlt er sich fit und frisch. Er verlässt die Dusche und trocknet seinen Körper mit dem groben, nicht mit einem Weichspüler behandelten Frotteetuch. Dies ist nochmals ein probates Mittel, um die Zirkulation in Schuss zu bringen. Jetzt fehlt nur noch die Rasur. Wie soll er heute vorgehen? elektrisch oder mit der Gillette-Klinge? Elektrisch geht viel schneller, aber mit Schaum und Klinge ist das Resultat besser und hält länger an. Also nimmt er die Schaumdose, schüttelt sie kurz aber kräftig durch, dann wird eine Dosis in die Hand gespritzt und anschliessend auf der Gesichtshaut verteilt. Danach kann der Schaum und mit ihm die Barthaare mit der Klinge sanft und schnell entfernt werden. Mit ganz heissem Wasser wird die Schlussreinigung beendet. Mit vier Fingern der rechten Hand wird das Resultat überprüft. Es ist ein Ritual, das man wahrscheinlich am hundertsten Geburtstag noch fertig bringen würde. Die morgendliche Rasur ist unbedingt nötig, denn wenn er die Bartstoppeln drei Tage nicht rasieren würde, würde er bestimmt genau so verschissen und ungepflegt aussehen wie gewisse Nachrichtensprecher im Fernsehen.

Noch ein letzter, kritischer Blick in den Spiegel, es ist so eine Art Schlusskontrolle. Verdammt und zugenäht, was geht da eigentlich vor? Die Falten werden scheinbar jeden Tag markanter. Und erst diese Tränensäcke! Sie sind mindestens so gross und ausgeprägt wie jene vom grossartigen Musiker Paul Kuhn. Aber zu jenem Mann mit dem Bier am Klavier gehörten die Augen mit diesen Tränensäcken, sie unterstrichen seine Persönlichkeit. Mit der früher unverzichtbaren Brille konnte Alex seine Tränensäcke eine wenig kaschieren. Aber seit seiner Augenoperation sieht er ohne Brille wieder überaus gut und kann, oder eben muss, deshalb auf diese Dekoration verzichten. Zu allem Elend verschwindet seine frühere Haarpracht langsam aber sicher, die Stirn wird immer breiter, der Haaransatz rutscht nach oben und gibt damit den Blick auf die unschönen, immer zahlreicher werdenden Altersflecken frei. Dadurch wird eine Umstellung der morgendlichen Toilette nötig, er muss viel weniger Haare, dafür mehr Gesicht waschen. Das blasse Gesicht im Spiegel kommt ihm verdammt fremd vor. Da wo früher eine Menge dunkler Haare die Stirne nach oben begrenzten, leuchtet heute eine helle Stirnglatze, und diese ist oben durch einige wenige weisse Haare begrenzt. Die buschigen Augenbrauen scheinen zu einem anderen Gesicht besser zu passen. Hingegen sind die Tränensäcke unter den Augen und die paar tiefen Falten sehr aktuell und erinnern nicht unbedingt an frühere, bessere Zeiten! Es ist eigentlich gut, wenn man die schönen Dinge problemlos sehen kann. Aber die weniger schönen Dinge, wie faltige Körperteile, das runzlige Gesicht, oder eine Etage tiefer, den Bauch, sieht man halt dann ebenfalls sehr gut. Wieso muss man mit zunehmendem Alter diese Veränderungen durchmachen? Früher konnte er ohne Probleme jede Menge Pommes verdrücken, die Waage zeigte immer das gleiche Gewicht, also kein Gramm mehr an. Heute dagegen genügt schon der Anblick eines Tellers Spaghetti und der Zeiger der Waage schnellt nach rechts und zeigt auf diese gemeine Art fünfhundert Gramm mehr an. Es ist einfach ungerecht! Zusätzlich funkt dann noch alle Jahre wieder der Arzt dazwischen mit seinem erhobenen Finger: "Achtung, die Cholesterinwerte sind zu hoch!" Deshalb schluckt er Tabletten gegen die hohen Werte, und diese Tabletten zeigen sogar Wirkung, die Werte sind jetzt normal, dafür gehen ihm, sozusagen als Zugabe, die Haare aus.

Da gab es doch früher eine Fernsehsendung mit einer Ärzterunde. Es wurde auf "Teufel komm raus" gefachsimpelt. Der Kardiologe, der Immunologe, der Homöopath, der Neurologe und der Rheumatologe, jeder schwor auf seine Behandlung und auf seine verordneten Medikamente. Da behauptete sogar einer dieser Doktoren, das Cholesterin sei im Alter lebenswichtig, denn die Blutgefässe würden mit der Zeit spröde und die Cholesterinablagerungen wären nur eine natürliche Verstärkung der Gefässwände. Der Immunologe verteidigte seine Impfungen gegen alle ansteckenden Seuchen. Sein Wirken als ehemaliger Homöopath verschwieg er geflissentlich. Dafür nannte der Nestbeschmutzer jetzt seine früher angewendeten Medikamente verachtend "wirkungslose Globuli". Der pensionierte deutsche Urologe Hackethal war auch nicht übel mit seiner Behauptung, die Urologen wären eigentlich überflüssig, denn im Alter hätte man ja viel mehr Zeit und deshalb hätten die Männer auch mehr Zeit zum Wasserlösen. Zudem werde viel zu viel operiert. Sein Rat: "Männer macht einen grossen Bogen um die Urologen, so lebt ihr länger!"

Übrigens seit damals begreife Alex die Worte jenes Urologen nach dem Arztbesuch bei Ihm: "auf Wiedersehen, piss (bis) später!"

Es ist schon komisch, alle Leute wollen älter werden,

aber kein Mensch will alt sein. Wenn sich Alex an seine Jugendzeit erinnert, sieht er die alten, immer schwarz gekleideten Frauen, die ihre krummen, mit Krampfadern verzierten Beine mit ihren langen Röcken verstecken wollten. Er sieht die alten Männer mit ihren ausgetragenen, verwaschenen, grünlichen Militärkleidern. Nebst dem Stock in der Hand hatten sie meistens eine stinkende Pfeife oder einen billigen Stumpen im Mund. So ging man werktags als alter Mensch unter die Leute, etwas anderes schickte sich ja nicht. Aber dann am Sonntag sah alles anders aus. In jener Zeit wurde zwischen Sonntags- und Werktagskleidern unterschieden. Neue Kleidungsstücke, auch die neuen Schuhe wurden damals immer zuerst nur am Sonntag getragen. Nach einiger Zeit, und diese Zeit konnte lange dauern, wurden sie dann zu Werktagskleidern degradiert. Zum Besuch der Kirche wurden aber sicher die Sonntagskleider aus dem Schrank geholt. Die Männer trugen meistens dunkle Anzüge und ein weisses Hemd mit dunkler Kravatte, Gilet und Kittel und dazu schwarze, hochglanzpolierte Schuhe. Das ganze wurde durch den schwarzen Hut mit der breiten Krempe gekrönt. Ein Hut oder bestenfalls ein „Franzosenkäppi", das Berret, gehörten damals einfach zu einem gepflegten Mann. Da gab es doch in der nahen Stadt mehrere Geschäfte, die hatten beim Eingang ein Emailschild angebracht mit der Aufschrift: "Vertreter ohne Hut werden nicht empfangen". Wenn sich dann so ein Herr Vertreter in einem Lebensmittelladen befand, sah er sich genötigt, seinen Hut, den er ja anstandshalber im Geschäft nicht auf dem Kopf tragen durfte, irgendwo auf die ausgestellten Lebensmittelpackungen zu legen. Das war natürlich auch nicht die feine Art, der Hut wurde deshalb vom Geschäftsinhaber einfach mit der Hand weggewischt.

Die Frauen gingen nur dunkel gekleidet in die Kirche, Farben schickten sich dazu nicht. Die meisten Leute gingen schon ab sechzig hinkend am Stock, die wenigsten erreichten siebzig Jahre. Achtzig war dann schon eine Seltenheit. Alex erinnert sich an jene Zeit, als den wenigen Neunzigjährigen am Radio gratuliert wurde. Später wurde dann das Alter der Gratulationen auf fünfundneunzig Jahre erhöht, weil die Sendezeit für die vielen Gratulationen zum neunzigsten Geburtstag nicht mehr ausreichte. Ich glaube, heute gibt es mehr Hundertjährige als damals Neunzigjährige. Einige Gemeinden schicken den Jubilaren schon zum Achtzigsten eine Delegation des Gemeinderates ins Haus um die Gratulationen und guten Wünsche der Behörden mit einem Präsent, meistens Blumen oder Wein, zu überbringen. Diese Situation ist für die gesunden Betroffenen meistens erfreulich. Ob aber die guten Wünsche der Gratulanten ehrlich gemeint sind, wage ich zu bezweifeln, denn heute fehlt den Gemeinden Geld, sie sind deshalb zum Sparen verpflichtet. Das Alter ist aber kostspielig und sollte irgendwie finanziert werden. Den Politikern macht es grosse Sorge, denn Die AHV scheint bald nicht mehr auf die konventionelle Art finanzierbar zu sein, weil es ja immer mehr alte Leute gibt. Ganz Schlaue glauben sogar, wenn möglichst schnell viele Fremde ins Land kommen, würden diese ebenfalls Beiträge leisten und so zur Finanzierung beitragen. Diese Methode erinnert mich ein wenig an ein Schneeballsystem oder an die früheren, heute verbotenen Kettenbriefe.

Die sogenannte Überalterung passiert aber nicht nur in der Schweiz, sondern in ganz Europa. Dabei stelle ich mir eine komische Frage: Wieso entsteht eigentlich dieses Problem? Wird der Natur mit der Medizin zu stark ins Handwerk gepfuscht, oder leben wir alle wirklich viel gesünder und werden deshalb älter? Die

Bevölkerung wächst und wächst, die Alten bleiben und die Jungen kommen dazu, und wir alle brauchen zum Überleben Luft, Energie, Futter, Wasser und Wohnraum. Wie soll das nur weitergehen? Irgendeinmal wird wieder jeder Mensch wie damals in der Gründerzeit der Menschheit, ums Überleben kämpfen müssen, etwas anderes ist gar nicht möglich! Wir werden uns für einen Liter Wasser die Köpfe einschlagen, heute tun wir dies ja schon für Erdgas und Erdöl. Alex erinnert sich, als kleiner Junge hat er im elterlichen Stall verschiedene Tiergattungen gehegt und gepflegt, er hatte eigentlich einen kleinen Zoo. Da lebten Kaninchen, Hähnchen, Schildkröten, junge Katzen, weisse Ratten, weisse Mäuse, Meerschweinchen und sogar Schlangen. Die weissen Mäuse vermehrten sich rasend schnell. Es begann mit einem Pärchen. Die Viecher hatten eine solide, grosse, mit Stroh gefüllte Holzkiste als Stall zur Verfügung. Mit guter Pflege, reichlich Futter und ohne natürliche Feinde vermehrten sie sich sehr schnell. Nach ein paar Monaten war der Bestand auf mehr als fünfzig Tiere angewachsen. Der Platz für die vielen Tiere wurde scheinbar zu klein, es entwickelten sich Krankheiten und Kannibalismus, die Mäuse dezimierten sich selbst und frassen sich gegenseitig auf. Und dies alles trotz guter Pflege, genügend Wasser und Nahrung.

Bei uns Menschen kann sich so etwas nie entwickeln, denn wir sind zu intelligente Wesen. Gegen Krankheiten haben wir Medikamente, dem Hunger setzen wir genmanipulierte Lebensmittel entgegen, bei zu wenig Platz und Überbevölkerung proklamieren wir das verdichtete Bauen und vor allem die Geburtenkontrolle. Alle diese Massnamen werden allerdings durch die Einwanderung und durch die Verbote gewisser Religionen ausgehebelt. Den früheren zahlreichen Kriege sind viele Menschen zum Opfer gefallen. Im ersten Weltkrieg kamen etwa neun Millionen, im zweiten Weltkrieg beinahe dreiundfünfzig Millionen Menschen ums Leben. Die spanische Grippe von 1918 forderte auch ungefähr fünfzig Millionen Tote. Die durchschnittliche Lebenserwartung lag 1950 weltweit bei etwa 50 Jahren, heute aber bei 72 Jahren. Schweizer wurden um 1900 durchschnittlich 47 Jahre alt, heute dagegen werden sie älter als achtzig! Wenn ich mir die zukünftige Bauart von Häusern vorstelle, überfällt mich das kalte Grauen. Ich sehe die monotonen, alle gleich aussehenden Mehrfamilienhausbauten in den Grossstädten der ehemaligen Sowjetunion. Damals waren es Vorzeigeobjekte, heute sind sie vergammelt und zum Getto geworden. Von den heute geborenen Kindern soll laut der Wissenschaft jedes dritte dereinst hundert Jahre alt werden. Die Altersheime werden immer grösser und bieten trotzdem heute schon zu wenig Platz. In den Spitälern hängen todkranke, steinalte Patienten an den Schläuchen und werden mit allen Mitteln künstlich am Leben erhalten. Sie werden nicht gefragt, ob sie auf diese Art weiterleben wollen. Man lässt sie einfach nicht sterben, denn sie helfen mit der Hilfe ihrer Krankenkassen kräftig mit, das Spital mit allen seinen Einrichtungen zu finanzieren.

Im Alter, als Rentner, vor allem wenn man sich gesund und fit fühlt, tut man gut daran, nicht nur auf der faulen Haut zu sitzen. Denn ganz langsam, fast nicht bemerkbar, werden Gewohnheiten, liebgewordene Dinge und scheinbar unverzichtbare Arbeiten immer weniger wichtig. Spaziergänge oder Ausflüge werden aus Bequemlichkeit abgesetzt, der wöchentliche Vereinstreff lässt man ausfallen, denn Fernsehen ist weniger anstrengend als singen, kegeln oder turnen. Man kann sich dies oder jenes leisten, ohne lange den Sinn und Zweck, oder Nutzen und Kosten, gegeneinander abzuwägen. Ganz einfach, man wird bequem und lebt dadurch gefährlich.

Man sollte unbedingt irgendeiner Beschäftigung nachgehen und vor allem den Kopf, das heisst das Gehirn täglich einige Zeit strapazieren. Viele der ersten Bezüger der AHV sagten damals "Ein Leben lang habe ich nur gearbeitet, wenn ich dann die Rente bekomme, arbeite ich nichts mehr, dann geniesse ich nur noch das Faulsein, denn das habe ich ja jetzt zu gut!" Diesen Spruch hörte ich oft in einer grossen Eisenbahnerstadt, einem Ort wo die meisten Rentner ihr ganzes Leben pünktlich nach Minuten lebten. Diese Einstellung war damals für die Rentner ungesund, denn sie profitierten selten fünf Jahre Rentnerdasein, weil die Organe das ungewohnte Leben nicht mehr mitmachten. Aber es war sehr gut für die AHV, denn so konnte die Kasse Geld sparen. Menschen mit Hobbys oder mit einer Freizeitbeschäftigung konnten die AHV schon damals lange Zeit geniessen.

Das Klassentreffen

Alexes Jahrgang wird fünfundachtzig, es ist nicht zu glauben! Auf dem Stubentisch liegt die Einladung zum diesjährigen Klassentreffen, heute treffen sich die Jahrgänger wie jedes Jahr zu diesem Anlass. Seine Anmeldung zu diesem Fest hat er schon vor Wochen per E-Mail an den Organisator übermittelt. Einen Einheitsfrass gibt es diesmal nicht mehr. Denn nicht jeder Teilnehmer hat ein künstliches Gebiss und liebt aus diesem Grunde etwas möglichst Weichgekochtes wie Kartoffelstock und Braten. Es gibt ja auch noch die andern mit den eigenen, mehr oder weniger kräftigen Beisserchen. Beim letzten Treffen konnte man aus drei verschiedenen Menus das Passende auswählen und mit der Anmeldung vorbestellen. Diese Idee fanden alle, vor allem der Wirt, super. Aber dann, im Restaurant am Tisch, wussten die meisten Teilnehmer nicht mehr, was sie vor drei Wochen mit der Anmeldung bestellt hatten. Aber sogar Organisatoren sind manchmal lernfähig, diesmal wird im "Ochsen" die normale, alltägliche Speisekarte bereit liegen und jeder kann dort seinen Apero, sein Lieblingsessen, seinen Wein und sein Dessert ganz nach seiner heutigen Laune und nach dem Inhalt seines Portemonnaies aussuchen und anschliessend berappen.

Alex freut sich eigentlich riesig auf das heutige Treffen. Bestimmt werden sie sich mit einem herzhaften Kuss, links, rechts, links, begrüssen. Ganz sicher werden dann alle Anwesenden die möglicherweise vorhandenen unbequemen Gedanken vergessen und den gegenwärtigen Moment mit mehreren "weisst du noch" geniessen!

Eigentlich fehlt jetzt nur noch die morgendliche Toilette, bei diesem täglichen Ritual werden immer mehr kleine Veränderungen sichtbar. Wenn er in den Spiegel schaut, wenn ich dort sein Gesicht mit den Altersflecken, Falten und Runzeln sieht, kann er sich vorstellen, wie die netten Buben und Mädchen von damals, am heutigen Klassentreffen aussehen werden. Wenn er an seinen Schulschatz, die Petra, denkt, kommt ihm noch heute die Galle hoch. Dieses Mädchen hat ihn damals auf eine ganz perfide Art versetzt. Heute wird sie sicher wieder dabei sein, sie hat in all den Jahren nie ein Klassentreffen ausgelassen. Wie wird sie heute aussehen? Wird sie noch immer, wie bei früheren Anlässen, viel besser als die anderen aussehen? Lässt sie noch immer ihren unwiderstehlichen Charme mit ihrem geheimnisvollen Lächeln spielen? Wie kann er ihr heute, nach mehr als siebzig Jahren, eins auswischen? Sollte sie heute dabei sein, werden bestimmt Erinnerungen wach. Dann werden bei ihm sicher wieder Rachegedanken auftauchen, und die werden sich bestimmt in leisen, verbalen, nicht allen Anwesenden verständlichen Gemeinheiten, äussern. Es gibt eben Dinge, die man nie vergisst. Innerlich scheltet er sich einen alten, einfältigen Sack, der noch immer seinen damaligen Gefühlen und Gedanken nachhängt.

Schon jetzt stellt er sich vor, was dort alles bestellt und vertilgt wird. Die magere Julia, die uralte Frau, deren Figur von hinten und von vorne platt wie ein Bügelbrett anzusehen ist, wird sich wie immer mit einem kleinen gemischten Salat begnügen. Die würde doch besser ein deftiges und nahrhaftes Menu bestellen! Nach einer längeren Fresskur wäre sie vielleicht endlich wie eine Frau anzusehen. Geld hat sie ja genug, ihr verstorbener Mann hat ihr als Alleinerbin ein riesiges Vermögen hinterlassen. Die Marie hingegen, eigentlich das pure Gegenteil von Julia, schlägt sich den Magen mit doppelten Mengen an Kalorien und anschliessend grosszügig mit Rahm dekorierten Süssigkeiten voll. Nicht zu glauben, was alles in so einem Wanst Platz findet. Robert, der ehemalige Nachkriegsimport aus Deutschland, ist ebenfalls ein Geniesser der besonderen Art. Mit seiner knapp eins fünfzig Körpergrösse und mit seinen gut 130 Kilo Lebendgewicht, hat er sich in den letzten Jahren zu einem gutsituierten Autoimporteur empor gearbeitet. Diese lukrative Arbeit hat ihm also nicht nur zu einem dicken Aussehen, sondern auch zu einem dicken Bankkonto verholfen. Dies zeigt er uns jedes Jahr am Klassentreffen, damit will er wahrscheinlich seine kümmerliche Figur ins bessere Licht stellen. Alex erinnert sich an das letzte Klassentreffen. Beim Sitzen lag sein Bauch auf seinen Oberschenkeln und deckte sogar die beiden Knie zu. Der pralle Bauch wurde scheinbar nur durch die rundum reichenden Fettwürste zusammen gehalten. Diese Fettreserven hat er sich im Lauf der letzten zwanzig Jahre angeeignet. Früher war er ein schlanker, drahtiger Sportstyp. Heute Mittag kommt die Stunde der Wahrheit und bis dann kann Alex noch seinen Gedanken nachhängen und diese sammeln und ordnen.

Langsam passieren alle die einstigen Klassenkameraden vor seinem geistigen Auge. Vreni hat doch letztes Jahr den Zahlmodus kritisiert. Sie sagte unter anderem vor dem Abschied: „So, das war das letzte Mal, dass ich bei einem Klassentreffen dabei war. Leider geht's mir in letzter Zeit nicht sehr rosig, aber trotzdem wollte ich meine Klassenkameraden wieder einmal treffen. Ich schränkte mich im Haushalt etwas ein denn so ein Tag mit der Reise aus dem Welschland und dem anschliessenden Essen kostet doch einiges. Ich verzichtete also aus finanziellen Gründen auf den Aperitif und aufs Dessert und bestellte und genoss „Schnipo„ mein günstiges Lieblingsessen". Am Schluss beim Abrechnen hiess es dann wie jedesmal: Der Betrag macht so und so viel, geteilt durch die Anzahl Teilnehmer, also pro Person XX.xx Franken inklusive Trinkgeld. Es scheisst mich wirklich an, dem Robert und sonst noch einigen andern den Frass teilweise zu berappen." Die kleine Abschiedsrunde fühlte sich natürlich betroffen und versprach der Vreni, ihre Ansicht den Organisatoren mitzuteilen.

Die morgendlichen Stunden vergehen. Für Alex ist es bald Zeit, sich auf den Weg zu machen. Ein letzter Blick in den Spiegel, alles im grünen Bereich. Es ist September und es könnte unterwegs kühl und windig sein, also ist die leichte Wildlederjacke am Platz. Türe auf, hinaus, dann Türe zu und sehr wichtig: abschliessen und Schlüssel drehen, und auf keinen Fall stecken lassen! So langsam kommt Alex scheinbar ins Alter, wo jede Bewegung kommentiert, kontrolliert und geprüft werden muss. Bis jetzt hat er allerdings noch nie vergessen, den Kochherd auszuschalten, das Licht hat er noch immer gelöscht, die Toilette gespült, alle vierzehn Fenster geschlossen, sogar den Hausschlüssel hat er erst ein einziges Mal aussen stecken gelassen. Das findet er irgendwie beruhigend! Er kennt viel jüngere Leute, die volle zwei Wochen in die Ferien fuhren, dann braungebrannt und ausgeruht oder gestresst, je nach Ansicht, nach Hause kamen. Sie steckten den Schlüssel ins Schloss, konnten aber den Schlüssel nicht drehen und die Haustüre nicht aufschliessen. Dies alles nur weil der Passepartout noch in der Innenseite des unverschlossenen Schlosses steckte. Logischerweise war deshalb die Türe vierzehn Tage nicht abgeschlossen und liess sich darum ohne Schlüssel öffnen. Niemand, auch kein Einbrecher hat dies während dieser Zeit trotz überfülltem Briefkasten bemerkt. Niemand hat etwas geholt oder gar gebracht, es gibt halt Menschen die immer "Schwein" oder eine Menge Glück haben.

Jetzt stellt sich für Alex nur noch die Frage: Mit Auto oder zu Fuss? Das heisst, er macht den Weg entweder schnell und bequem, oder aber schön langsam und gemütlich, eben zu Fuss mit einem dreiviertelstündigen Marsch. Wenn er zu Fuss geht, muss er sich für den Rückweg ein Taxi organisieren. Bestimmt geht bei diesem Klassentreffen wieder die Post ab und sein Fahrausweis wäre dadurch gefährdet. Dies will er auf keinen Fall riskieren, denn in seinem Alter ist das "Billet" blitzschnell und für ewig eingezogen. Die Polizei ist heute bei alten Leuten manchmal auch zu Recht, sehr kritisch. Aber es gibt sicher Schlimmeres. Warum fahren dann gewisse, der Polizei sicher bekannte BMW- oder Audi-Fahrer, oft ungehindert ihre nächtlichen Rennen durch die Dörfer? Die Autos dieser Typen sind bei diesen Fahrten keine Fahrzeuge, sondern gefährliche Waffen, sie gehören aber leider nicht unter das Waffengesetz! Aber trotzdem sind die Möchtegernschumis Verbrecher und sollten entsprechend behandelt werden. Er glaubt, laut Gesetz könnten diese Fahrzeuge eingezogen werden, aber dies geschieht nur in ganz seltenen Fällen. Wahrscheinlich steht er heute mit seinen Ansichten ziemlich allein da. Egal, weg mit diesen Gedanken, es soll doch ein angenehmer, fröhlicher und vielleicht sogar interessanter Tag werden. Leider kommen jedes Jahr ein paar Klassenkameraden weniger, wer wird wohl heute noch dabei sein? Wie sehen die Schüler und Schülerinnen von damals, aber heute mit fünfundachtzig Jahren auf dem Buckel, aus?

Also geht`s los. Zuerst marschiert er, wie es sich gehört, auf dem Trottoir neben der Hauptstrasse. Dann, nach ein paar hundert Metern wechselt er auf den Spazierweg. Er führt dem rauschenden, mit Bäumen und Sträuchern gesäumten Bach entlang, danach überquert er auf dem Fussgängerstreifen die stark befahrene Hauptstrasse auf die andere Seite. Eigentlich sind die Zebrastreifen mit den kleinen Inseln in der Mitte der Strasse für die Fussgänger etwas Wunderbares. Früher stand man endlose Minuten lang an der Strasse und wartete auf eine Lücke zwischen den Fahrzeugen.

Man erreichte mit Mühe die Mitte der Strasse und blieb dann notgedrungen dort wieder wartend im Verkehr stehen, bis sich auf der Gegenfahrbahn eine Möglichkeit bot, auf das jenseitige Trottoir zu sprinten. Heute halten die Autos fast ohne Ausnahme an und lassen die Fussgänger problemlos die Strasse überqueren. Er erreicht den nächsten Fussgängerstreifen, sieht das heran fahrende, abbremsende Auto, sucht den Blickkontakt und bedankt sich mit einem leichten Handerheben. Als Automobilist verflucht er oft die Selbstmörder, damit meint er die älteren Fussgänger und vor allem die Fussgängerinnen, welche diskutierend am Zebrastreifen stehen. Man weiss dann nie, ob sie dort verharren oder eventuell plötzlich auf die Fahrbahn treten, um die Strasse zu queren. In diesem Fall wären sie ja dann auf dem Zebrastreifen, sie haben den Vortritt und dürfen auf keinen Fall überfahren werden. Beim mobilen Verkehr existiert der Ausdruck "erzwungener Vortritt", die Schuldfrage bei einem Unfall kann somit geklärt werden. Die Dummheit gewisser Fussgänger ist aber geschützt, denn sie sind ja die schwächeren Verkehrsteilnehmer. Falls sie also dank ihrer Dummheit überfahren werden, sind sie laut Gesetz vielleicht unschuldig tot, und das Auto mit seinem Chauffeur ist schuldig, es hatte ja kein Recht dazu. Aber mit dem I-Phone vor den Augen und dem Verstärker im Ohr ist es ihnen scheinbar egal ob sie mit oder ohne Schuld überfahren werden. Früher musste man als Fussgänger das Überqueren der Strasse mit ausgestrecktem Arm anzeigen, dann herrschte Klarheit. Aber dies ist heute gar nicht mehr möglich, denn die Hände sind ohne Ausnahme voll mit dem Handy beschäftigt, zudem hören sie denk dem im Ohr steckenden Walkman-Kopfhörer nichts.

Aus dieser Zeit datiert auch der folgende Witz: Frage: „Weisst du, warum ein Fussgänger vor dem Überqueren der Strasse immer den Arm ausstreckt? Nein? ist doch klar, damit man ihn nach einem Unfall besser unter dem Auto hervor schleppen kann!"

So, die Hälfte des Weges hat er geschafft. Mit schnellen Schritten legt er den Rest des Weges zurück und gelangt in die Nähe des Restaurants "Ochsen", mit einem Blick auf die Uhr stellte er fest, dass er eine gute Viertelstunde zu früh da ist. Aber andern scheint es ebenso zu ergehen, denn schon von weitem sieht er zwei kleine Grüppchen von älteren, grauhaarigen Leuten, die sich angeregt unterhalten. Er gesellt sich also dazu und begrüsst, wie es sich gehört, jede und jeden einzeln. Es fällt ihm auf, dass bei jedem Handschlag der Druck der Hand verschieden ist, mehr oder weniger kräftig. Hanni streckt ihr zartes Pfötchen ganz sachte hin mit der Bemerkung "bitte nicht zu fest! meine Arthrose macht sich immer mehr bemerkbar!" Lotti hingegen packt kräftig zu, es ist fast ein männlicher Händedruck. Es fällt ihm schwer, aus seinem Gedächtnis alle die Namen zu holen, aber er merkt dabei, dass er mit diesem Defizit nicht allein dasteht, den meisten andern ergeht es ebenso. Gottlob zeigt sich jetzt die Sonne. Die Biese hat die Wolken weitgehend vertrieben, die Sonne schickt jetzt ihre wärmenden Strahlen auf den Vorplatz. Jetzt kann man über das Wetter zu reden, die ersten paar Minuten des Treffens sind somit gerettet. Nach und nach treffen immer mehr Jahrbänger ein und Hanspeter, der Organisator des Klassentreffens, bittet uns, den kleinen Saal im "Ochsen" zum Apéro aufzusuchen. Hier stehen vier gedeckte und mit Blumen geschmückte Tische. Wie es sich früher und scheinbar auch heute noch gehört, setzen sich die Mädchen gesondert an einen Tisch, an einen andern die Buben. Wir haben schliesslich eine verdammt prüde Erziehung genossen. Die Trennung der Geschlechter war früher bei vielen Anlässen obligatorisch. Beim sonntäglichen Besuch der Kirche marschierte man gemischt bis vor das Gotteshaus, dann trennten sich Männlein und Weiblein. Die Frauen sassen links und die Männer rechts in den unbequemen Holzbänken, getrennt durch einen breiten Durchgang. In der Schule herrschten die gleichen komischen Sitten. Sogar in den öffentlichen Badeanstalten mussten Frauen und Männer getrennt baden. Ihnen und den Knaben und Mädchen wurden mit einem Stundenplan genau ihre Stunden im Wasser zugeteilt.

Diese komischen Angewohnheiten scheinen bei gewissen Leuten noch immer nach zu wirken. Am dritten Tisch sammeln sich wie schon damals während der Schulzeit die "Mehrbesseren", im Anzug und mit Kravatte. Dahin passt Alex nicht, also sucht er einen Platz am vierten, gemischten Tisch. Die fröhliche Bande, die sich dort niedergelassen hat, unterhält sich schon jetzt angeregt und ziemlich laut. Wie gewohnt wird zum Apéro "Saint Saphorin", der feine Waadtländer Weisswein serviert. mitten auf dem Tisch steht eine Glasschale mit gesalzenen Nüssen. Die Serviertochter hat scheinbar festgestellt, dass diese Salznüsschen den Durst fördern, die Wartezeit bis zum Bankett verkürzen und dadurch den Getränkeumsatz steigern. Leider merkt eine Serviertochter nur in Ausnahmefällen, dass sich solche Kleinigkeiten positiv auf ein zusätzliches Trinkgeld auswirken können. Ein Minirock oder ein gewagter Ausschnitt können diese Wirkung ebenfalls zeigen, sind aber oft nicht bei jeder Gelegenheit angebracht. Am Tisch hinter mir, er ist nur mit achtzigjährigen "Mädchen" besetzt, wird fleissig von den besten, den intelligentesten und den schönsten Grosskindern erzählt. Wenn dann später dieses Thema ausdiskutiert ist, kommen bestimmt die vielen schweren akuten und die überstandenen Krankheiten an die Reihe. Dadurch kennt man schliesslich alle Spitäler, die Professoren, die Spezialisten und die meisten Ärzte. Scheinbar wird durch diese wichtigen Kenntnisse das Selbstwertgefühl sehr stark angehoben. Aber mit den Krankheiten ist es ähnlich wie mit den Finanzen. Jener alte, eigensinnige Bauer, der Rüedu, sagte zu seinen Lebzeiten dazu: "Über Geld spricht man nicht, man hat es!" Dieser Spruch sollte eigentlich abgeändert werden, das heisst, das Wort "Geld" sollte durch "Krankheiten" ersetzt werden. Er würde dann lauten: „Über Krankheiten spricht man nicht, die hat man". So wäre die Aussage an solchen Anlässen ebenfalls gültig! Mit mehr als achtzig Jahren auf dem Buckel dürfte es doch jedermann klar sein, dass heute bei vielen Menschen nicht mehr alles so funktioniert wie mit zwanzig, wieso muss also ausführlich darüber gesprochen werden, nichts wird dadurch besser! Im Gegenteil, unangenehme oder schmerzhafte Dinge, die man in einer gemütlichen Runde endlich vergessen könnte, werden wieder in Erinnerung gerufen.

Noch sind einige Plätze an den reservierten Tischen frei. Trotzdem werden an Alex' Tisch schon jetzt die alten, lustigen Streiche aus dem Gedächtnis geholt und mit hundert verschiedenen "weisst du noch?" wird ein Lacher nach dem andern provoziert. Diese fröhliche Art Unterhaltung sollte eigentlich an einem Klassentreffen vorherrschen, daran erinnert man sich später viel lieber als an die Krankheiten vom Margritli und vom Ruthli.

"Wisst ihr noch" Ueli fährt mit jener Episode aus der dritten Klasse der Sekundarschule fort: "Dieses Arschloch von einem Franzlehrer, der entweder gar nicht französisch sprechen konnte oder zu faul war, eine Seite aus einem Buch zu diktieren und uns deshalb alle Diktate auswendig lernen liess. Die Noten zu diesen Arbeiten vergab der Blödmann damals gleich idiotisch wie es gewisse Juroren eines heutigen Schlagerwettbewerbes tun, nämlich einfach unverständlich. Aber wir haben es aber dem Superlehrer bei der ersten Möglichkeit heimgezahlt. Eines Morgens kam er total "neben den Schuhen" in die Schule, setzte sich auf seinen Stuhl, starrte ins Leere und wusste gar nicht mehr, warum er eigentlich dort sass. War der Typ krank oder nur besoffen? Wir versuchten ihn zu provozieren, nichts passierte, er reagierte gar nicht auf unsere Gemeinheiten. Wir befahlen ihm dann, wem er welche Noten zu vergeben habe. Brav notierte er die verlangten Noten in seinen Unterlagen und wir konnten auf ein gutes Zeugnis hoffen. Aber dadurch erreichten wir gar nichts, denn der blöde Lehrer kam langsam in die Wirklichkeit zurück und ging in der Pause zum Rektor. Dort schwärzte er uns an und behauptete, wir hätten ihn genötigt. Aber der Rektor war nicht dumm, er merkte bald was mit dem alten Lehrer los war. Es wurde zuerst eine ärztliche, dann eine psychiatrische Untersuchung verlangt und das Resultat war die sofortige, krankheitsbedingte Dispensation des unbeliebten und verhassten Lehrers. Wir Schüler hatten logischerweise kein Bedauern mit ihm. Im Nachhinein begriffen wir, dass sich diese schreckliche Krankheit nicht plötzlich, sondern schleichend zeigte und schon seit langer Zeit latent vorhanden war. Komisch war eigentlich nur, dass keiner seiner Berufskollegen vorher etwas merkte. Wie heisst es doch irgendwo? "Keine Krähe hackt der anderen ein Auge aus!" Mit einem lauten Gelächter wird die Episode verdankt.

Peter erinnert sich an eine Schülerreise: "ich glaube es war etwa in der sechsten Klasse, die Reise führte uns in die Aareschlucht. In aller Herrgottsfrühe fuhren wir nach Luzern, dort mussten wir umsteigen, dann ging es mit der Schmalspurbahn über den Brünig nach Meiringen. Nach einem langen Fussmarsch erreichten wir den Eingang der Schlucht. Die Wanderung durch die von hohen Felswänden gesäumte Schlucht war ein Super-Erlebnis. Irgendeinmal führte uns der Weg zurück, natürlich mit einem obligatorischen und schon lange mit Ungeduld erwarteten Halt in einer Beiz. Der Genuss von Sandwiches und viel Mineralwasser führten dann zu einem Kurzaufenthalt im WC des Restaurants. Damals waren die Lehrer bei Anlässen wie zum Beispiel beim Examen oder eben bei einer Schülerreise grosszügig und tolerant. Wir nützten diese Pause nach dem Verschwinden der Lehrer aus und genossen eine in normalen Zeiten verbotene Zigarette. Diese hatten wir am Morgen in einem Automaten im Bahnhof Luzern bezogen. Diese Markenzigarette "FIB" war für zehn Rappen pro Etui à drei Stück zu haben. Der Lehrer und sein Begleiter waren also draussen am stillen Örtchen und wir genossen ihre Abwesenheit. Sämu, unser Klassenclown nahm einen Korkzapfen aus der Hosentasche, befeuchtete diesen auf einer Seite mit dem geschmolzenen Wachs der brennenden Kerze auf dem Tisch und klebte so den Korken blitzschnell unter die Sitzfläche des Stuhls, auf dem der Lehrer vorher sass. Mit einem brennenden Zündholz brachte er den Korken zum Glühen, und mahnte uns mit dem Zeigefinger an den Lippen, schön still zu sein und nichts zu sagen. Gut, die Lehrer kamen nach einiger Zeit zurück, sie rümpften ein wenig die Nase denn sie mochten unsere Zigaretten nicht und sie glaubten natürlich, der Gestank komme von diesen. Wir nippten an unseren Gläsern, zogen an unseren Zigaretten, und schielten hinüber zum Lehrer auf seinem Stuhl und warteten und warteten. Dann plötzlich ein Aufschrei, der Lehrer juckte auf und der Stuhl stürzte nach hinten weg. Der Korken hatte nach einiger Zeit eine Stelle des Holzstuhls so stark erhitzt, dass sich der Lehrer durch Hose und Unterhose plötzlich den Arsch und seine Umgebung verbrannte. Das Opfer fand nach dem ersten Schrecken den Streich lustig und gelungen und war uns nicht böse. Auf dem Rückweg haben wir noch lange darüber gelacht.

Rolf, der ehemalige Inhaber einer Mercedes Garage erzählt die beinahe unglaubliche Geschichte eines seiner gut betuchten Kunden: "Ich verkaufte vor vielen Jahren, als ich noch aktiv im Geschäft war, einem Elektriker auf einmal zwei gleiche Mercedes Personenwagen, der eine für sich selber, der andere für seine Frau. Aber nach wenigen Jahren starb seine Frau und der nicht mehr benötigte Luxusschlitten stand jetzt unbenützt in der Garage. Eines Tages fragte ihn ein Kollege, was er mit dem zweiten Wagen mache, ob er beide benütze oder ob er ihm den einen zu einem guten Preis verkaufen würde. Sie wurden sich schnell einig, per Handschlag, wie es damals noch üblich war. Der gepflegte und gut gewartete Wagen wurde für vierzig-tausend Franken verkauft. Der Kollege versprach ihm, den Betrag sofort zu überweisen und erhielt darauf die Autoschlüssel. Rolf wünschte ihm gute Fahrt und viel Freude mit dem Mercedes, darauf verschwand dieser mit dem Fahrzeug. Nach mehr als einem Monat trafen sich die beiden wieder einmal im Restaurant und Rolf fragte seinen Freund, ob er ihn vielleicht vergessen hätte, denn vom versprochenen Geld hätte er bis jetzt noch nichts gesehen. Das gibts doch nicht, rief der andere, die vierzig Mille habe ich dir gleich am andern Tag in den Briefkasten gelegt, denn du warst damals zufällig nicht zu Hause und ich konnte dir die Moneten nicht in die Hand geben. Der Elektriker fuhr schnell in seine abgelegene Villa, holte dort den Briefkastenschlüssel, fuhr zurück an die mehr als hundert Meter vom Haus entfernte Strasse, wo sein Briefkasten an einer Stange montiert war, und leerte diesen. Er wurde eigentlich nicht mehr benützt seit die Post vor einiger Zeit Schliessfächer anbot. Der Inhalt des übervollen Briefkastens bestand deshalb nur aus lauter Werbemateriel und Gratiszeitungen. Und oh Wunder, ganz zuunterst befand sich ein Bündel Banknoten, fein säuberlich mit einem Gummiband zusammengehalten, es waren genau die vermissten vierzig Tausendernoten. Man stelle sich vor, da liegt monatelang ein kleines Vermögen in einem Briefkasten an der abgelegenen Strasse! und nichts ist passiert! Wenn der Kasten gelegentlich geleert worden wäre, hätte man vielleicht das Geld zwischen dem Werbematerial gar nicht entdeckt. Vielleicht wäre es sogar mit der nächsten Papiersammlung entsorgt worden!

Chregu erzählt aus der Gründerzeit des Radios: " Wir Buben waren damals schon fleissig am Basteln. Mit der Hilfe von Vätern und Grossvätern entstanden Seifenkisten, lenkbare Rollbretter oder sogar Radios. Diese sogenannten Detektoren bestanden damals aus einem Holzbrettchen, und auf dem wurde ein Kristallstein fest geleimt. Ein Draht wurde mit einem Ende an einer Dachtraufe festgemacht und funktionierte als Antenne, das andere Ende wurde als Erdung in den Boden gesteckt. Mit einem dünnen Draht wurde auf dem Kristall der Sender gesucht. Zwei weitere Drähte führten zum Kopfhöhrer. Das Ganze funktionierte ohne Strom und ohne Batterien. Der einzig empfangbare Sender war damals Beromünster. Die Tonqualität entsprach ganz dem alten selbstgebastelten Gerät. Wenn es aber endlich aus dem Kopfhörer heulte und kratzte und zwischendurch sogar Musik hörbar wurde, waren wir verdammt stolz auf unser Können!" Die selbstgebauten Seifenkisten waren eigentlich gefährliche Geschosse. Aber damals waren noch selten Autos oder Fuhrwerke auf der Strasse anzutreffen. Wir hatten also meistens freie Fahrt. Die improvisierten Bremsen waren eigentlich wirkungslos und wurden deshalb kaum gebraucht. Noch heute kann man an den uralten Buchen am Strassenrand die tiefen Kerben in der Baumrinde sehen. Sie entstanden damals durch ein Ausweichmanöver und die anschliessende unsanfte Begegnung mit der einen Buche. Nach dem Kindergarten, etwa in der ersten oder zweiten Klasse merkte Chregu langsam, dass man mit Geld allerhand unternehmen kann. Nebst den "Täfeli" am Kiosk kaufte er eine Tüte Murmeln. Das waren bunte, kleine, gebrannte Tonkügelchen. Damals wurden von den Kindern täglich Murmelspiele ausgetragen. Es existierten ja zu jener Zeit noch keine harten Asphaltstrassen oder asphaltierte Plätze, in jener Zeit bestanden diese aus gewalzter Erde. Man konnte also bequem mit dem Absatz irgendwo ein Loch in die Erde bohren und dann versuchen, aus etwa fünf Metern Distanz, die Kügelchen in dieses Loch zu befördern. Es spielten immer zwei Kinder, meistens Mädchen, gegen einander. Wem dieses Geschicklichkeitsspiel nicht gelang, hatte die Kugeln verloren.

Unterdessen sind die letzten freien Stühle ebenfalls besetzt worden, wir sind komplett. Jetzt klopft Hanspeter mit einem Löffel an sein grosses noch leeres Rotweinglas und bittet um Ruhe. Mit ein paar netten Worten begrüsst er die "ganze Bande", anschliessend wird eine Liste mit Entschuldigungen verlesen. Zuletzt bittet er um eine Schweigeminute zum Gedenken an die paar verstorbenen Klassenkameraden. Die Menükarten werden dann verteilt und längere Zeit studiert. Fisch, Schaf, Kalb, Schwein oder Rind? Was wird wohl gegessen? Die Köpfe drehen sich von links nach rechts und wieder zurück. "Was nimmst du? was soll ich nur nehmen?" Es scheint, als wollte niemand aus dem Rahmen fallen und deshalb will scheinbar jeder möglichst dasselbe wie der Tischnachbar bestellen. Eigentlich hätte Alex Lust auf einen schönen Teller Spaghetti, italienisch "al dente" gekocht, mit Meeresfrüchten und mit einer feinen Hummersauce. Seine Bestellung aus der Spezialitätenkarte scheint aber aus dem Rahmen zu fallen. Sein Spaghettiwunsch kann leider nicht erfüllt werden, weil die "fruits de mer" ausgegangen sind. Schnipo und Rahmschnitzel mit Nüdeli oder Frites sind heute der Renner. Ist doch scheissegal, knurrt Alex, dann bestelle ich ebenfalls "Schnipo", wir sind ja nicht dem Essen wegen zusammen gekommen. Langsam füllt sich die Beiz mit einem typischen, öligen Küchenduft und dämpft den grossen Hunger auf ein Minimum. Zuerst wird der kleine gemischte Salat aufgetragen. Der farblich schön zusammengestellte Salatteller ist ein erfreulicher Anblick. Beim Essen schwindet aber der positive Eindruck. Es scheint, als wären die grünen Bohnen, die gelben Süssmaiskörner, der weisse, geraffelte Sellerie und die roten Karotten schon längere Zeit im Kühlschrank gelegen. Alles ist eiskalt und die paar Blätter Eisbergsalat können den Eindruck nicht verbessern. Die Teller werden deshalb nach einiger Zeit zum Teil noch halbvoll weggeräumt. Dann wird der Hauptgang serviert. Hier sollte doch eigentlich nicht viel passieren können. Aber "oha lätz", weit gefehlt, Die panierten Schnitzel schwimmen im Öl, sie sind verdammt zäh und hart. In den Metzgereiabteilungen der Grossverteiler wird ja nie Kuhfleisch verkauft, dieser Name existiert dort nicht, nein es ist immer mehr oder weniger „zartes Rindfleisch". Dieser Fachausdruck stimmt sogar, er entspricht dem Lebensmittelgesetz, denn dort existiert das Wort Kuh nicht. Kühe sind eigentlich in der Fachsprache Rinder und diese Bezeichnung gilt für alle Stufen ihres Lebens. Wir Landeier bezeichnen die Viecher differenzierter: bis zum ersten Lebensjahr sind es „Kälber". Nach dem ersten Jahr sind es Rinder und nach der Geburt des ersten Kalbes sind es Kühe. Es ist ja nur eine Frage des Preises. Diese Schnitzel waren sicher eine Superaktion und mindestens 34,75 % oder 45,7 % günstiger. Die Pommes dagegen sind weich und biegen sich beinahe auf der Gabel. Die Broccoliröschen aus der Tiefkühltruhe sind ebenfalls nicht der grosse Hit. Dieses Bankett bleibt uns sicher nicht als Delikatesse in Erinnerung. Das nächste Jahr werden wir uns ein anderes Lokal aussuchen.

Nach dem Dessert gelangen wir zum gemütlichen Teil des Tages. Während dem Festessen, zwischen Kauen und Schlucken, wurde die rege Diskussion weitergeführt. Bei uns Buben war Fussball zuerst das lange Thema, dann folgte Roger Federer und seine Gegner Nadal und Djokovic. Bei den Mädchen wurden verschiedene überstandene oder akute Krankheiten und Altersbeschwerden beschrieben, die behandelnden Ärzte je nach Erfolg oder Misserfolg gerühmt oder eben verflucht. An unserem Bubentisch, zwischen Dessert und Kaffee ging das Thema Tennis langsam aus. Die leeren Weinflaschen wurden durch volle ersetzt. Nach ein paar Gläsern Wein wurde das Thema gewechselt. Plötzlich waren auch die früher erlebten aber leider zum grössten Teil vergessenen Taten und Untaten ein Thema. Das „weisst du noch?" war für uns Buben ab diesem Moment viel wichtiger und vor allem lustiger als die Krankengeschichten an den beiden Frauentischen. Es ist doch immer dasselbe, wenn jemand eine Geschichte erzählt, werden im eigenen Kopf weitere Geschichten aktiv und wollen ebenfalls erzählt werden. Es braucht immer die Initialzündung und dann geht's von selbst los. Seit der Schulzeit ist jedoch viel Zeit vergangen, und viele zum Teil gemeinsam erlebte Begebenheiten wurden leider vergessen weil sie in Diskussionen, aus welchen Gründen auch immer, nie erwähnt wurden oder erwähnt werden durften. Aber an Alexes Tisch waren die alten Jungs unter sich und konnten den Erinnerungen freien Lauf lassen. Viel Bekanntes aber auch längst Vergessenes wurde wieder aktiviert. Deshalb versucht Alex jetzt die wenigen noch vorhandenen und erzählten Geschichten schriftlich zu konservieren.

Peter erinnert sich als erster und erzählt vom Wald auf dem nahen Berg: „Schon als Kinder machten wir im nahen Wald die ersten Erfahrungen mit den Mädchen. Dies geschah damals in der prüdesten Zeit aller Zeiten. Zu jener Zeit gab es nämlich keine Mädchen und Buben, nur Kinder. In der Badi, selbst im Kindergarten und in der Sonntagsschule bewegten wir uns immer separat weil der sogenannte Anstand es so verlangte. Für die Mädchen schickte sich vieles nicht, was für uns Buben ganz normal war. Buben trugen Hosen, die Mädchen dagegen Röcklein, die bis über die Knie reichten. Buben durften Fussball spielen, die Mädchen mussten sich mit Puppen abgeben. Am Sonntag war der Besuch der Sonntagsschule für Mädchen und Buben Pflicht, ebenso das von den Eltern gespendete Zwanzigrappenstück mit dem wir den nickenden Neger auf dem bemalten Holzkässeli füttern mussten. Uns wurden dort in der Sonntagsschule die vielen Wunder aus der Bibel erzählt. Es waren Episoden, die wir nicht verstanden, weil sie uns überhaupt nicht interessierten. Auch die angedrohten Strafen für unsere vergangenen und eventuellen, zukünftigen Sünden interessierten uns nicht gross. Am Sonntagnachmittag waren bei schönem Wetter die Spaziergänge mit den Grosseltern und Eltern absolute Pflicht, wir mussten doch möglichst unter Aufsicht sein damit wir ja keine Dummheiten machten. Man trug ja an diesem Tag die schönsten Kleider, die sogenannten „Sonntagskleider". Nach dem zweiten Weltkrieg konnte man wieder die „Sonntagsschuhe" und die „Sonntagshosen" anziehen. Man musste nicht mehr den ganzen Sommer barfuss gehen um die Socken und die Schuhe zu schonen. Deshalb war es nicht angebracht mit den andern Buben im Pärkli zu „tschutten" oder andere Spiele zu machen. Lärm war am Sonntag verpönt und vieles was an Werktagen möglich und gängig war, durfte man am Sonntag nicht unternehmen. Auf einem Spaziergang, beim geniessen des Sonntags, entstand normalerweise kein grosser Lärm. Wenn dann irgendwo auf der Weide sich ein Stier mit der Kuh beschäftigte, oder wenn ein Hund versuchte auf einen andern zu steigen, mussten wir ganz schnell den Blick auf die andere Seite wenden. Das scheinbar nicht anständige Tun der Tiere fanden wir aber interessant und wir stellten Fragen, aber Antworten erhielten wir keine, oder wenn, dann nur komische. Also blieben viele Fragen offen, die uns die Eltern oder die Schule beantworten sollten. Wir waren also genötigt, uns anderswo die Lösungen zu suchen.

Der Wald war für uns Kinder das Paradies. Dort hörten wir nicht dauernd Befehle wie „Tragt Sorge zu euren Kleidern" und „du solltest anständig sprechen und nicht dauernd fluchen sonst kommst du nie in den Himmel", oder „mach zuerst die Aufgaben, sonst gibt's nichts Anständiges aus dir". Dort im Wald fühlten wir uns frei und konnten unkontrolliert tun und machen was wir wollten. Diese kurze Zeit bis in die fünfte Klasse haben wir ausgelebt und genossen. Wir waren für die Erwachsenen eine der schlimmsten Banden von Lausbuben und Lausmädchen, wir hätten nichts als „Seich" im Kopf. Diese Feststellung machten Eltern und Lehrer, und oft mussten wir nach einer gröberen Tat vor der Schulpflege antraben. Vor den Damen und Herren dieses Vereins hatten wir Kinder grössten Respekt, denn sie versuchten uns bei diesen Vorladungen Anstand und Ordnung beizubringen. Wenn uns dann die anwesenden Frauen die Leviten lasen, glaubten wir in der Mimik der Männer ein verschmitztes Lächeln zu entdecken. Vielleicht erinnerten sie sich einen Moment an ihre Jugend. Natürlich versprachen wir uns zu bessern, aber die gehörten Ermahnungen berührten uns eigentlich kaum, im Gegenteil, sie waren uns scheissegal, denn dieses Leben gefiel uns und vor allem haben wir zusammen viel erlebt.

Andy erzählt vom Ursi und Bethli. Es waren die beiden Töchter von neuen Zuzügern aus dem Kanton Freiburg. Die zwei pubertierenden Mädchen waren selten gut gebaut für ihr Alter und für unsere hiesigen Klassenkameradinnen eine echte Konkurrenz. Ihre Mutter war scheinbar früher Krankenschwester in Lambarene beim

Dr. Albert Schweitzer. Sie kam dann nach dem Krieg zurück und versuchte sich als Damenschneiderin durch zu bringen. Aber sie hatte dauernd Geldsorgen, holte sich überall Waren auf Kredit und vergass dann die Rechnungen zu bezahlen. Aber sie schneiderte den beiden Mädchen die schönsten und modernsten Kleider. Dank dem Schnitt dieser Kleider waren an den beiden mehr Kurven erkenntlich als bei allen andern Klassenkameradinnen. Wie immer verbrachten wir die schulfreie Zeit im nahen Wald, in der Nähe einer uralten, verfallenen Waldhütte. Damals waren wir im Alter, wo die Kinder gerne „Dökterlis" spielten. Mit Schokolade, Bonbons und Komplimenten brachten wir die beiden eines Tages schnell dazu, uns im Schutz der leeren Hütte zu zeigen, was eigentlich unter ihren Röcken und der Unterwäsche versteckt war. Selbstverständlich hatten wir alle Beteiligten ein schlechtes Gewissen. Die beiden Mädchen aber hatten keine Hemmungen, denn in ihrer Familie wuchsen noch zwei Brüder auf. So war der kindliche Streeptease für die beiden nichts Neues, für uns Buben dagegen schon. Wir freuten uns über den Anblick und spürten wahrscheinlich damals die erste Erregung gewisser Körperteile und genossen die Situation. Wenn wir dann zu Hause gefragt wurden, wie wir den Nachmittag verbracht hätten, tischten wir gekonnt die tollsten Lügen auf, wir wurden dabei auch nicht mehr rot im Gesicht.

Mändu erzählt eine ähnliche Geschichte: Die mit der Helene: „Wie gewohnt war unsere Schülerbande am Nachmittag nach Schulschluss für alles Mögliche zu haben. Die Aufgaben waren gemacht, wir hatten frei und mussten erst am frühen Abend zu Hause sein. Damals galten noch verdammt strenge Retgeln. Wenn man sich nicht daran hielt, wurde die freie Zeit ganz einfach für eine Woche gestrichen. Unsere bewährte Bande, mit Cervelats und Brot bewaffnet, marschierte also los Richtung Kiesgrube. Der Weg führte zuerst durch ein kleines Wäldchen, dann an grossen Bergen von Sand und Kies vorbei in die hinterste Ecke der Grube. Dort hatten wir uns ein kleines Paradies gebaut mit einer kleinen Feuerstelle, darum herum waren Steinplatten zu Sitzplätzen geordnet. Dieser Platz war „weit vom Geschütz" entfernt und von der Grube und vom Weg her nicht einsehbar. Wir suchten Holz und machten ein Feuer, steckten die paar mitgebrachten Würste an die Holzspiesse und dann in die Glut. Schon nach kurzer Zeit duftete unser Spielplatz verlockend nach gebratenen Cervelats und der Hunger meldete sich ohne Ausnahme bei allen Beteiligten. Leider hatten wir aber nicht genug Cervelats, denn nicht alle konnten sich damals diesen Luxus leisten. Es war schliesslich noch Kriegszeit und Fleisch war rationiert. Also wurden die vorhandenen gebratenen Würste halbiert und unter allen Schülerinnen und Schülern verteilt. Das ging aber nicht ohne eine Gegenleistung, schliesslich gab es schon damals nichts gratis. Was uns Mädchen und Buben auf den ersten Blick unterschied war nur die Kleidung. Alle hatten praktisch die gleiche Figur, mit einer einzigen Ausnahme, bei Helene zeigte sich der zarte Ansatz eines Busens. Nach längerer Beratung war unsere Forderung an sie eigentlich ganz logisch und lautete so: „Helene, wenn du dein Stück Wurst haben willst, musst auch du dafür bezahlen, natürlich nicht mit Geld, du musst uns nur zeigen, was du für Unterwäsche trägst". Ohne Murren flog das Röcklein ins Gras, als Zugabe ebenfalls das Leibchen. „Weiter, weiter" war unsere Forderung und Helene liess sich nicht lumpen, auch das Höschen wurde ausgezogen. Da stand nun unsere Klassenkameradin und uns fielen fast die Augen aus dem Kopf. Etwas hatte sie nämlich uns allen voraus, ihre kleine Muschi war mit fünf schwarzen Härchen verziert, so etwas hatten wir noch nie gesehen. Jetzt kannten wir endlich den kleinen Unterschied zwischen Buben und

Mädchen. Unsere Bande hatte ein neues Geheimwort für ein Erlebnis, wir nannten die Helene ab diesem Tag „S`Föifi". Die Mitschüler wollten natürlich wissen, was dieses Wort zu bedeuten habe, aber wir hielten dicht und sie fanden den Sinn dieses Wortes nie heraus.

Hänsu findet, sein Beitrag passe auch zum Thema und seine Erlebnisse mit der Roswita müssten ebenfalls erzählt werden: „Sie war eine freundliche junge Frau mit einem perfekten Körper, alles war in der richtigen Menge an der richtigen Stelle. Ihr Mann arbeitete oft wochenlang auswärts irgendwo in der Schweiz auf Montage. So kam es scheinbar öfters vor, dass ihre persönlichen Bedürfnisse etwas zu kurz kamen. Mit ihrem Hund unternahm sie deshalb jeden Morgen einen längeren Spaziergang, um sich und dem Vierbeiner etwas Bewegung zu verschaffen. Ihr kleiner Haushalt war ja bald im Schuss und sie hatte deshalb viel Zeit, wenn ihr Schatz auswärts war. Für Roswita war im Sommer der Wald der ideale Ort für diesen geliebten Zeitvertreib. Auch für mich waren damals die Ferienwanderungen im Wald eine angenehme Abwechslung. So kreuzten sich eines Tages unsere Wege und deshalb machten wir nach dieser ersten Begegnung ab und zu die Spaziergänge zusammen. Zu zweit war es auch viel angenehmer, man konnte sich zwanglos unterhalten und so wurden diese Wanderungen zur Gewohnheit. Eines Tages, wir waren schon ganz oben, machten wir eine Rast beim Sitzplatz mit dem grossen Steintisch. Einige Zeit genossen wir die Sonne, dann erhob sich Roswita und meinte „Weisst du was? morgen wiederholen wir den Spaziergang. Ich mache ein paar belegte Brötchen und dann legen wir hier eine längere Znünipause ein." „Wunderbar, dann bringe ich eine Flasche Wein mit", war meine Antwort auf ihren Vorschlag.

„Am andern Morgen trafen wir uns am Waldeingang und nahmen den Aufstieg zu unserem Rastplatz in Angriff. Die Sonne stand schon hoch und die Luft war auch im Schatten der Bäume drückend heiss. Wir freuten uns beide auf die Pause ganz oben bei unserm Platz. Roswita`s belegte Brötchen waren genau das richtige und mein kühler Weisswein passte wunderbar dazu. Wir genossen die Zwischenverpflegung, der Wein tat seine Wirkung und es kam natürlich wie es scheinbar kommen musste. Roswita fand, es sei wirklich verdammt heiss, stand auf und zog ihre bunte Bluse aus. Darunter trug sie ihre blanke, sonnengebräunte Haut, sonst nichts. Ich machte mit, denn in einem solchen Moment kann man einfach nicht anders! Bald standen wir uns ganz ohne gegenüber und lachten uns zu. „Hoffentlich kommt niemand hier vorbei", meinte sie. Aber ihr Hund würde uns ja frühzeitig warnen und wir hätten alle Zeit zu verschwinden. Rosina fackelte nicht lange, sie legte sich auf den kühlen aber sehr rauen Betontisch, legte ihre Beine auf meine Schultern und schon ging die Post ab. Sie genoss wie ich unsere angenehmen Spielchen. Ziemlich müde traten wir dann gegen Mittag den Abstieg an. Es sei an dieser Stelle verraten: noch oft haben wir jenen Spaziergang, natürlich vor allem wegen der Zwischenverpflegung, wiederholt."

Ernst wusste ebenfalls eine Geschichte, ein Jugenderlebnis:„Jolle war die erste Frau, die mir zeigte, was ein Pärchen alles zusammen anstellen konnte. Es war während meiner Lehrzeit, ich war im Kino und genoss einen Wildwester. Danach traf ich mich mit meinen Kollegen zu einem kleinen Bier im Rössli. Das war einfach ein Teil des wöchentlichen Rituals, zu mehr reichte ja damals mein Taschengeld nicht. Jolle, die rassige Coiffeuse-Stiftin fand, man könnte doch im nahen See ein Bad nehmen, es sei jetzt angenehm kühl. „Klar, ich mache selbstverständlich mit", war meine Antwort. Die andern Kollegen waren nicht bereit, sie wollten lieber weiter saufen. Also schwangen wir beide uns auf die Fahrräder und fuhren los. Am See suchten wir uns einen einsamen Platz, zogen die Kleider aus, rollten sie zusammen und klemmten sie auf die Gepäckträger der Velos. Jolle war schnell nackt ausgezogen und ich stand verschämt in meinen Unterhosen dabei. „So, los, weg mit den Klamotten, oder hast du etwa Hemmungen?" rief sie mir zu und rannte ins Wasser. Das Bad haben wir genossen und unser anschliessendes Liebesspiel ebenfalls. Die kühle, straffe Haut ihres festen Busens reizte mich bis zum „Gehtnichtmehr". Sie zeigte mir, wo und wie sie gestreichelt werden wollte und ich war ein sehr gelehriger Schüler. Zudem gefiel mir dieser Fortbildungskurs besser als der Franzkurs in der Schule. „So, fürs erste Mal warst du gar nicht schlecht, wenn du willst, können wir bei schönem Wetter alles wiederholen". Selbstverständlich habe ich diese Kurse so oft wie möglich weiter besucht, und so nebenbei einiges Neues dabei gelernt, sogar ohne vorherigen Kinobesuch."

Arno hatte ebenfalls eine Episode bereit, das Erlebnis mit dem Bethli in Lausanne: „Sie war eine ziemlich füllige, aber nette und gesellige Person. Als Mädchen vom Lande, aus dem Kanton Zürich, hielt sie sich schon das zweite Jahr hier in Lausanne auf. Sie arbeitete als Verkäuferin in einem Modegeschäft und wollte im Welschland ihre eigentlich jetzt schon sehr guten französischen Kenntnisse bis zur Perfektion verbessern. Oft schloss sie sich nach Ladenschluss gerne unserer Klicke an und machte überall mit. Zu angeregten Gesprächen und einem Glas Waadtländer Weisswein im Bistro war Bethli immer gern dabei. Sie konnte laut und herzlich über einen guten oder sogar zweideutigen Witz lachen. Eines Tages bat sie mich, sie an ihrem freien Nachmittag ins Kino Rex zu begleiten, es werde dort irgendein Kulturfilm, den Namen weiss ich nicht mehr, gezeigt. Es ging um das Leben in einem afrikanischen Stamm, um die Sitten und Gebräuche jener Ureinwohner. Selbstverständlich sagte ich zu, fragte mich aber, warum gerade ich als Begleitung auserwählt wurde. An der Kasse löste ich zwei Plätze ganz oben, auf der Estrade, denn dort oben hatte man die beste Sicht und musste nicht dauernd den im Weg stehenden Köpfen ausweichen. Zudem waren dort keine harten Holzsitze, sondern weich gepolsterte Fauteuils. Wir waren fast die einzigen Menschen, die diesen sonnigen Nachmittag im Kino verbringen wollten. Zuerst wurde die obligatorische Werbung abgespielt, dann folgte die Vorschau auf den nächsten Film und dann endlich wurde das Licht gelöscht. Der Raum wurde dunkel, nur auf der seitlichen Treppe leuchteten ganz schwach die Notleuchten. Jetzt erschienen auf der riesigen Leinwand der Titel des Filmes, die Schauspieler, die Regie und alles was dazu gehörte. Endlich landete dann der Doppeldecker am Rande des Urwaldes. Der Pilot und die beiden Passagiere, eine Frau und ein Mann stiegen aus und gingen auf den Wald zu. Aus diesem stürmten schwarze splitternackte Männer, Frauen und Kinder auf die Besucher zu und begrüssten diese stürmisch mit ihren Tänzen. Nach diesen Szenen sah ich nicht mehr viel von diesem Kulturfilm, denn ich spürte eine warme Hand auf meinem Arm. Diese Hand streichelte meinen Arm und wanderte langsam immer tiefer und landete schliesslich dort, wo es sich am angenehmsten fühlte. Damit hatte ich wirklich nicht gerechnet, es war eine riesige Überraschung und ich genoss die Streicheleinheiten. Schüchtern wanderte meine Hand hinüber, ertastete ihr Knie, glitt dann immer höher, schob den Minirock zur Seite und hatte keine Ruhe, bis sie endlich am Ziel war. Wir genossen unser Vorspiel, wir wurden beide immer geiler, ich härter und sie feuchter. Das ging weiter so bis zur Pause. Die eingeschaltete Beleuchtung, zwang uns wieder auf den Boden. Aber auch diese langen zehn

Minuten waren dann einmal vorbei, die Lichter erloschen und wir hatten wieder Zeit für uns. Die nächste halbe Stunde brachte uns beiden endlich die lang angestaute Erlösung. Ab diesem Tag zählte ich in Lausanne zu den treuesten Kinobesuchern!

Walter erinnerte sich an die Anni aus Graz. „Diese Anni kam aus Österreich und suchte wie viele andere Mädchen eine Stelle als Haushalthilfe. Sie hatte eine tolle Figur, gerade Beine und einen herzigen Po. Ihre Brüstchen hatten die richtige Grüsse und waren am richtigen Platz. Die Anni war ein ganz schlaues Ding, es gefiel ihr in der Schweiz und sie suchte sich deshalb auf schnelle und ganz normale Art einen Mann. Dieser erträumte Mann hatte bestimmt damals nach dem Krieg einen sicheren Job, ein besseres Einkommen und vor allem einen Schweizerpass. Das kleine rote Carnet wollte Anni unbedingt haben, dafür setzte sie alles in Bewegung. Auch ich wurde ein auserlesenes Opfer dieses heissen Luders. Eines Tages lud sie mich zu einem Kaffee ein, sie müsse mir unbedingt etwas Interessantes zeigen. Ich nahm die Einladung an, läutete eines Tages an ihrer Zimmertüre in einem Mehrfamilienhaus. Die Anni öffnete und begrüsste mich freundlich und bat mich, auf dem Sofa Platz zu nehmen. Sie servierte einen guten schwarzen Kaffee und dazu einen österreichischen Brandy. Die Biscuits waren auch nicht schlecht. Durch eine ungeschickte Bewegung fiel aber die kleine Plasticschale auf den Boden und die restlichen Biscuits verteilten sich auf dem Teppich. Sofort bückte sich Anni und suchte die Süssigkeiten zusammen. Bei dieser Arbeit öffnete sich ihre Bluse und eine Brust guckte ganz frech aus dem Ausschnitt. Diese wohlgeformte Brust mit den dunkeln Warzenhöfen und den aufgestellten Brustwarzen verfehlten natürlich ihre Wirkung nicht. Ich konnte einfach nicht anders, ich griff zu und holte auch die zweite Brust aus der Bluse. Danach entfernte ich mit Annis Hilfe die störende Bluse und nach und nach auch den letzten Rest ihrer Kleidung. Wir genossen beide den langen, ungestörten Nachmittag in ihrem Zimmer. Die Zeit danach war dann ziemlich sorgenvoll, denn ich wusste damals noch nichts von Verhütungsmitteln. Wir Jungen konnten uns diese auch gar nicht beschaffen, schon der Name war ja in jener Zeit tabu. Jedenfalls wurde ich durch jenen lustvollen Nachmittag nicht zum Schweizermacher und Anni musste sich den Schweizerpass bei einem andern Jungen suchen.

Hanspeter der FKK-Anhänger erzählt eine Episode aus der Zeit gleich nach der Lehre: Die beiden Besitzer des Hauses mit der Sauna, der Mechaniker Alois und seine Frau Petra waren beide überzeugte FKK-Anhänger. Jedes Jahr verbrachten sie ihre Zeltferien auf einer Insel in Südfrankreich auf ihrem FKK-Gelände. Zu Hause hatten sie eine wunderbare, öffentliche Sauna und die benützten sie rege. Dort schwitzte man natürlich nicht allein sondern mit zahlenden Gästen und natürlich textilfrei. Statt wie in Frankreich in den Ferien am sonnigen Strand traf man sich hier wöchentlich füdliblutt im heissen Schwitzraum. Nicht selten wurde dann aus dem Treffen ein gemütliches Fest mit einem oder mehreren Gläsern Fendant. Weisswein wirkt bekanntlich in grösseren Mengen enthemmend. Deshalb nahm man an einem gemütlichen Abend ausgetauschte Streicheleinheiten nicht mehr so genau, es spielte also keine Rolle mehr, ob die Männer, die Frauen, oder die Rollen getauscht wurden. An so einem Abend nach der Sauna und dem anschliessenden Duschen sassen wir alle rund ums Cheminee und genossen die Wärme. Plötzlich sitzt die Petra auf den meinen Knien, hebt ihr Glas und meint „wir zwei haben ja noch nicht angestossen". Wir prosteten uns also zu und Petra meinte dann „komm mit, ich muss dir etwas zeigen". Sie ging voran, öffnete eine Türe, wir traten in ein Schlafzimmer ein.

Sie warf sich aufs Bett und rief „so komm doch endlich".

„He Petra, spinnst du? was sagt dein Mann dazu?"

„Oh, wir sind nicht eifersüchtig, Eifersucht ist der Feind der Liebe. „Das ist ihm doch egal, er vergnügt sich jetzt mit der Andrea im Zimmer nebenan."

Sehr oft habe ich die Sauna nicht besucht, aber alle Gäste hatten den Plausch und es gab nie Vorwürfe oder Streit. Traf man sich zwischen den Saunatreffen irgendwo in einem Restaurant oder sonst wo, wurde nie über die Sauna gesprochen.

Louis erzählt von seinen ersten Ferien am Meer: Es war einer jener letzten Spätsommertage. An seinem Arbeitsplatz war nicht viel los und die Angestellten wurden gebeten, jetzt noch ihre nicht eingelösten Ferientage zu nehmen. Aber wohin zu dieser fast herbstlichen Zeit. Nun, Luis liess sich im Reisebüro beraten, kaufte die empfohlene Reise und liess sich die zwei Wochen auf einer griechischen Insel verwöhnen. In der ersten Woche mietete er ein kleines Motorrad und flitzte an jeden im Katalog als sehenswert beschriebenen Ort. Abends in der Hotelbar wurde jeweils gebechert und gelacht. Wer allein in den Ferien weilte, fand schnell seine Kollegen oder seine Ferienbekanntschaften. In der zweiten Woche nahm ich mir vor, den bekannten griechischen Tempel zu besuchen. Die Resi aus dem Tirol fand die Idee gut und wollte mich auf dieser Fahrt begleiten. Eigentlich hätte ich ungern nein gesagt, denn das österreichische Kind war sicher eine angenehme Begleiterin und zudem eine Sünde wert. Zum Morgenessen trafen wir uns im schattigen Garten, genossen alle die feinen Sachen aus dem reichhaltigen Buffet, und machten uns dann auf den Weg. Zuerst fuhren wir mit dem Motorrad über Naturstrassen durch die einzigartige Landschaft hinunter ans Meer. Dort wollten wir einige Zeit baden und die Sonne geniessen. Danach sollte die Fahrt weitergehen bis zum grossen Tempel. Diesen Plan hätten sie nur teilweise realisiert, bei ihren Spielchen am Meer zwischen den Felsen, hätten sie die antiken Bauten und die Welt total vergessen. Auch diese schöne Zeit im sonnigen Griechenland ging zu Ende und die Resi verschwand aus seinem Leben ohne Spuren zu hinterlassen.

„So, jetzt ist aber genug" meint Hanspeter, „unsere prüde Jugendzeit wurde scheinbar trotz der strengen Erziehung und trotz der vielen elterlichen Drohungen en wenig abgewandelt und ging auch mit diesen Erlebnissen irgend einmal zu Ende. Ich hätte euch allen diese Erlebnisse gar nicht zugetraut, ihr seid ja noch schlimmer als andere und werdet wie von den Eltern angedroht, nicht in den Himmel kommen." Laut entgegnet Arno, er wolle ja noch gar nicht dorthin, ihm gefalle es hier auf der Erde noch sehr gut. Diese Äusserung wird mit einem schallenden Gelächter quittiert. Elsie am Mädchentisch findet, eigentlich würden sie und ihre Kameradinnen ebenfalls gerne lachen, ob wir nicht an ihren Tisch zügeln könnten.

Selbstverständlich packten alle an Alexes Tisch die Stühle mit allem drum und dran und zügelten hinüber zu den Mädchen. Dort verhielten sich die ehemaligen Buben wie abgemacht, korrekt und anständig. Über die Witze und Erzählungen der Klassenkameradinnen will er sich nicht äussern, er will nicht unanständig sein, nur eines soll noch bemerkt sein:

Sie haben noch lange zusammen gelacht und ihren unterhaltenden und lustigen „weisch no`s" zugehört. Ihre Geschichten waren mindestens so spannend und ebenfalls zum Teil nicht ganz jugendfrei.

Aber alles geht einmal zu Ende, so auch unser damaliges Klassentreffen.

Das Piccolo, die Dorfbeiz

Im hinteren Dorfteil steht ein altes Gasthaus, die "Brauerei". Diese früher gut frequentierte Beiz wird heute nur noch von Ausländern aus dem Osten besucht. Als das Lokal vor einiger Zeit von einem Unbekannten übernommen wurde, wollte der Frauenchor wie üblich am Abend nach der Gesangstunde noch ein wenig gemütlich zusammensitzen. Frauen sind dort gar nicht gern gesehen. Die fünfzehn Sängerinnen wussten dies aber nicht und entschieden sich für jenes Lokal, wurden aber dort nicht begrüsst und nicht bedient. Die paar anwesenden, schnauzbärtigen Männer zeigten auf diese Weise, dass sie unter sich bleiben wollten und andere Gäste, vor allem Frauen, gar nicht erwünscht sind. Notgedrungen mussten die Frauen in ein anderes Lokal wechseln. Man munkelt, die "Brauerei" sei ein illegaler Spielsalon. Bewiesen hat es noch niemand, denn die Einwohner und die Polizei meiden das Lokal. Vor jener Beiz stehen an gewissen Abenden jede Menge Autos. Es sind meistens grosse Mercedes und BMW`s. Die paar kleinen Flitzer sind möglicherweise die Autos der jungen Anfänger.

Mitten im Dorf steht ein altes, schon mindestens fünfmal umgebautes und modernisiertes, Gebäude. Es ist die Dorfbeiz, das „Piccolo" Die Wirtsstube bietet etwa vierzig Gästen bequem Platz. An Wochenenden herrscht hier Hochbetrieb, das Wirtepaar und ihre Serviertöchter haben dann Mühe, alle Wünsche der vielen Gäste schnell zu erfüllen. Das Buffet trennt optisch die Wirtsstube in zwei Teile. Der eine Teil ist die Beiz mit den sechs Tischen und dem runden hölzernen Stammtisch in der Ecke, der andere, der kleinere Teil ist für den Service, und den Ablauf der Beiz reserviert, er wird durch ein massives Buffet abgetrennt. Die Wand dahinter mit den vielen Schnapsflaschen und dem Glaskasten mit den vielen unterschiedlichen Gläsern, bildet den Abschluss. Auf der Buffetablage stehen die Halter für die Lotterie-Lose, den vielversprechenden, gefalteten Papierchen zu zwei, drei, fünf oder zehn Franken. Auf der linken Seite der Theke steht die riesige Kaffeemaschine, mit der ein wunderbarer Kaffee zubereitet wird. Dieser Kaffee ist sicher der beste im ganzen Tal, zudem bleibt er dank den dickwandigen Porzellantassen heiss bis zum letzten Schluck. Das Möbel sieht verdammt technisch aus mit seiner grellen, orangefarbenen Abdeckung aus Kunststoff. Es passt eigentlich gar nicht in die alte, gemütliche, mit hellem Holz getäferten Beiz. Aber das Produkt dieser Technik ist eben ein wunderbarer Kaffee zum Geniessen. An der Stirnwand dieser Theke haben sich mit ihrer fetten Unterschrift verschiedene Gäste, TV-Stars und am Theater spielende Grössen verewigt.

Bei seinem abendlichen Schlummertrunk sitzt Alex so wie oft, am runden Stammtisch der kleinen Beiz. Heute ist nicht viel los, deshalb greift er nach der Tageszeitung und überfliegt die Schlagzeilen. Es sind immer die ähnlichen Mitteilungen: Im nördlichen Afrika herrscht dauernd Arbeitslosigkeit und Krieg. Weil oft der Regen ausfällt und dadurch Dürre herrscht, haben die Menschen dort Hunger. Bilder von abgemagerten Menschen, vor allem Kindern sind im TV und in den Zeitungen täglich zu sehen. Trotzdem werden in jenen Ländern dauernd Kriege geführt und wer kann flüchtet deshalb in die Nachbarländer oder sogar nach Europa. In einigen Ländern versuchen die "Blauhelme" den wieder einmal abgeschlossenen Waffenstillstand zu kontrollieren.

In Europa und in der Schweiz steigt die Arbeitslosigkeit. Um diesen Zustand zu ändern, macht man mit den Nachbarländern Verträge und importiert Fachleute aus der EU. Flüchtlinge werden ebenfalls versuchsweise in den Arbeitsprozess eingegliedert. Mit andern Worten, es gibt Menschen die glauben, je mehr Personen sich um die wenigen freien Stellen bewerben, desto tiefer würde dadurch die Arbeitslosigkeit sinken. Es gibt sogar Menschen die glauben, man könnte sich den Unterhalt eigentlich leicht mit Einbrüchen und Überfällen verdienen. Auch im Nachbardorf wurde laut der Zeitung wieder einmal ein Tankstellenshop überfallen. Der Gangster wurde dabei durch eine Überwachungskamera gefilmt, aber sein edles Gesicht und seine Herkunft dürfen aus irgendwelchen komischen Gründen nicht in Zeitungen und im Fernsehen publiziert werden. Scheinbar ist der Personenschutz für Verbrecher in der Schweiz wichtiger als der Schutz der geschädigten Opfer.

Aus Umweltschutzgründen wird Heizöl wieder teurer, es werden vom Staat pro Liter 6 Rappen CO_2-Zuschlag verlangt. Wir Schweizer versuchen mit allen Mitteln den Erdölverbrauch zu reduzieren, wir kaufen neue, benzinsparende Autos, wir isolieren die Häuser um den Ölverbrauch zu drosseln. Jahr für Jahr hat die Schweiz aber zigtausend mehr Einwohner, alle fahren Auto und sie alle heizen ihre Wohnungen, und trotzdem sinkt der Energiebedarf aus Erdöl. Dafür steigt aber der Strombedarf entsprechend. Bei uns sind noch einige Atomkraftwerke am Laufen, wir haben keinen Energienotstand. In Deutschland dagegen wurden alle abgestellt, dafür holzt man Wälder ab und baut viel mehr die Umwelt schädigende Braunkohle ab. Die Kohle ist weltweit der grösste Klimasünder, Atomreaktoren aber sind die saubersten Energieproduzenten. Aber sie sollten an sichern Orten stehen und entsprechend gebaut und gewartet sein.

Kinder und Studenten demonstrieren gegen die Klimakatastrophe. Von diesen gibt es dazu interessante Bilder: ein grosser Teil der

Mitläufer tragen in der linken Hand ein Protestplakat und in der rechten ein Handy. so ein Smartphone „bringt" aber durchschnittlich 2500 kg CO2 pro Jahr (die Umwelt belastendes Kohlendioxyd) in die Luft. Das wissen die Demonstranten natürlich nicht, sonst wären sie ohne diese Handys unterwegs. Alle diese Mitteilungen hört man im Radio, man liest sie täglich in den Zeitungen, dadurch wird man abgestumpft. Also denkt auch der Alex "verdammte Scheisse", schliesst den "Anzeiger" und schiebt die Zeitung beiseite.

Ein älterer, gut gekleideter Mann betritt das „Piccolo" mit einem lauten, freundlichen "guten Abend" und setzt sich Alex gegenüber an den Tisch. Er bestellt eine Flasche Bier und beginnt nach einiger Zeit ein Gespräch. Er erzählt von seinen Reisen nach China, Afrika, Amerika und Russland. In Moskau spazierte er sogar auf dem roten Platz umher. Diese von einem guten Reisebüro organisierten Reisen machte er immer als Mitglied einer Reisegruppe mit. Von diesen Reisen sah er dadurch in jedem Land immer nur das Allerschönste und Interessanteste, wie etwa die extra für Touristen herausgeputzten Fassaden von altehrwürdigen Gebäuden, die gepflegten Parks, die Kirchen, Museen und Theater. Auf dem Programm standen jeweils nur die bekannten, grossen und schönen Plätze von Städten, die berühmten Bauten und Paläste. Die Rückseite der Bauten dagegen, mit den Rissen in den Mauern, mit dem abfallenden Putz und mit dem Kehricht in den Hinterhöfen hat der gute alte Mann sicher nichts gesehen, denn die werden in den Prospekten nie gezeigt. Die verlotterten Häuser in den kleinen Strassen und Gassen und die verarmten Einwohner bekam er ebenfalls nie zu sehen. In vielen Städten ist es gar nicht möglich auf eigene Faust auf Erkundungstour zu gehen, alles ist immer organisiert, damit der Gast ja nichts vom effektiven Leben der dortigen

Einwohner mitbekommt. Aber scheinbar hat er wirklich das Gefühl, er hätte die ganze Welt gesehen. Es ist nur schade, alle die schönen Dinge hat er nie schriftlich oder bildlich festgehalten. Heute sind die meisten Erinnerungen in seinem Gehirn gelöscht. Nur noch Spuren sind vorhanden. Es ist, als ob man auf dem Computer die Delete-Taste gedrückt hätte.

Zwischen zwei Flaschen Bier erzählt er von seinen beiden ehemaligen Arbeitskollegen Pierre und Franz, welche momentan eine Reise nach Thailand am Mittelmeer, unternehmen würden. Thailand sei halt wirklich eines der schönsten Länder der Welt, fast immer scheine dort die Sonne und die Temperatur sei auch immer im angenehmen, warmen Bereich. "Thailand am Mittelmeer?" wagt Alex ihn fragend zu korrigieren. "Sicher, Thailand liegt am Mittelmeer, das weiss doch jedes Kind, das sollten eigentlich auch sie wissen!" Für Alex ist der Fall klar, der ältere, gepflegte Unbekannte scheint ebenfalls unter der immer mehr grassierenden Krankheit, der Demenz, zu leiden.

Der Gast gegenüber von Alex bestellt die dritte Flasche Bier. Schon leicht beduselt hebt er mit der rechten Hand sein Glas und prostet ihm zu. "Ich bin der Otto, wie heisst du?" Sie machen uns gegenseitig bekannt. Bestimmt weiss er morgen nichts mehr von dem zufälligen Treffen und von seiner Schwärmerei über Thailand am Mittelmeer. „Thailand ist ein Paradies", fährt Otto fort. Er rühmt die immer freundlichen Menschen und die günstigen Preise. Eine frische Ananas koste auf dem Markt etwa zwanzig Rappen, für zehn Franken lasse sich ein Thailänderin abschleppen und mache alles mit, kurz dort lasse es sich gut leben und die Rente reiche zehnmal weiter als hier in der sauteuren Schweiz.

Ein weiterer Gast verirrt sich, setzt sich zu uns an den Tisch und bestellt bei der Serviertochter eine kühle Flasche Bier. Ottos letzte Äusserungen hat er scheinbar mitbekommen und fragt ihn deshalb, warum er dann nicht gleich in Thailand geblieben sei, es hätte ihn sicher niemand an einem solchen Vorhaben gehindert. Die Antwort zu dieser Frage hat er nie erhalten, denn Otto hat schon vergessen wo er sich momentan befindet, lässt den Kopf hängen und macht jetzt ein Nickerchen.

Wieder weht ein kühler Luftzug durch die Beiz, die Türe hat sich erneut geöffnet. Herein kommt Toni, der grosse, drahtige Sportlehrer mit dem markanten, bärtigen Gesicht. Er kommt fast täglich nach seiner Arbeit ins Piccolo. Sicher hat er den ganzen Nachmittag versucht, seinen vielen Sportschülern das Tennisspielen beizubringen. Ganz bestimmt war auch heute seine Arbeit streng und nervenaufreibend, aber trotzdem wirkt er beneidenswert frisch und aufgestellt. In seinem sicher frisch gewaschenen Adidas-Trainer erscheint er noch sportlicher. „Guten Abend miteinander, eine Stange bitte!" Ruft er laut in die Beiz, schaut sich um und dann setzt er sich an den Stammtisch. Mit der „Stange" meint er ein schönes, kühles Feldschlösschen-Bier im schlanken, hohen Glas serviert. „Hoi Toni, es kommt sofort" grüsst die Wirtin zurück und geht mit kleinen, raschen Schritten hinter das Buffet, füllt flink und gekonnt das Bierglas um dem Gast den Wunsch zu erfüllen. Schnell ist sie zurück am Stammtisch, stellt das Glas auf einen Bierteller und schiebt es mit einem „Gsundheit" an Toni's Platz. Nach einem lauten "Prost" führt dieser die Stange an die Lippen und trinkt in einem Zug die Hälfte des Glases. Arbeiten macht eben durstig.

Mit einem leisen Quitschen öffnet sich die Türe, ein weiterer Gast erscheint. Es ist der „Becherpeter", man nennt ihn so, weil er nur

Bier aus dem becherförmigen Glas trinkt. Der Becherpeter ist ein liebenswerter Mensch mit einigen gravierenden Fehlern: Ab und zu säuft er nämlich bis zum „Gehtnichtmehr" und fällt dann entsprechend unangenehm auf. Es ist der Sohn eines angesehenen Geschäftsmannes mit einem gut gehenden Geschäft. Nach dem frühen Tod seines Vaters verweigerten ihm seine nächsten Angehörigen die Übernahme des väterlichen Betriebes, er baute deshalb einen eigenen Betrieb auf. Peters Geschäft profitierte anfänglich vom superguten Ruf seines Vaters und florierte, vielleicht sogar nur zu gut. Der Jungunternehmer war ein sehr guter Handwerker, hatte aber von der Führung eines Betriebes keine Ahnung. Er verwechselte, wie einige andere auch, die Einnahmen mit dem Reingewinn. Weltreisen, ein gutes Leben, viele Freundinnen und einige dicke Freunde zehrten an der Substanz. Schon nach kurzer Zeit ging's dann mit ihm bergab, Konkurs, aus. Jetzt lebt er von der Sozialhilfe und führt noch ab und zu Gelegenheitsarbeiten aus, damit kann er sein steuerfreies Leben auf Pump etwas aufbessern.

Heute ist selten ein Gast da, der zu viel des Guten intus hat. Früher herrschten andere Sitten. Da waren der "Töfflihänsu", oder der "Ballon-Röbu", um nur zwei Originale zu nennen, welche oft ein paar Gläser zu viel tranken. Bei den beiden wirkte der Alkohol fast jeden Abend auf dieselbe Art, sie wurden zuerst lustig und brachten die Gäste mit ihren Sprüchen zum Lachen. Nach einiger Zeit und nach einigen Gläsern, waren sie dann statt lustig, nur noch lästig. Wenn sich dann einige Gäste über ihr Benehmen beklagten wurden die Besoffenen agressiv und mussten schliesslich vom Beizer buchstäblich hinaus geworfen werden. Wahrscheinlich erinnerten sie sich anderntags nicht mehr an den Vorfall und verhielten sich am nächsten Abend, als wäre gestern nichts passiert. Heute sind die meisten dieser Gäste gestorben oder weggezogen. Die aktuelle „Gastig" ist eher ruhig und friedlich. Die vielen, einst lauten und kämpferischen Jugos, welche nicht selten ihre Differenzen in der Beiz mit einer Schlägerei regelten, verkehren nicht mehr im „Piccolo", denn jetzt besitzen sie eigene Beizen oder Klubs. Dort in ihren Lokalen sind sie nur noch unter sich und fallen deshalb nicht mehr auf und niemand trauert ihnen nach.

Für die Bewohner einer Gemeinde ist die Stammbeiz eine überaus wichtige Institution, hier kann man sich täglich mit mehr oder weniger Gleichgesinnten treffen. Am Stammtisch im "Piccolo" treffen sich nach getaner Arbeit die verschiedensten Gäste zu einem Bier oder Kaffee, es ist normalerweise eine gemütliche Runde. Es werden Witze erzählt, politische Auseinandersetzungen geführt, über die Vergangenheit gesprochen, oder über die Zukunft philosophiert. Hier kann man eine aufgeladene Stimmung abreagieren, dazu muss man seine Worte nicht auf die Goldwaage legen. Hier, wo man sich täglich trifft fallen oft kräftige oder nicht ganz stubenreine Ausdrücke, aber diese Worte nimmt kein Mensch übel. In die Kirche kann man nur am Sonntag gehen und dort muss man stillschweigend zuhören, denn der einzige, der dort seine Meinung vertreten darf ist der Pfarrer. Wahrscheinlich hat unser Dorf zu wenig Einwohner und kann sich deshalb kein eigenes Gotteshaus mit dem Pfarrer leisten. Unten Im Tal hat jedes Dorf seine eigene Kirche, manchmal sogar zwei, eine protestantische und eine katholische, und dazu viele kleine „Kapellen". Kapellen sind hier die kleinen Gotteshäuser der religiösen Splittergruppen. Dort unten im Tal ist für viel geistliche, fromme Nahrung gesorgt. Aber unser kleines Dorf hat weder Kirchen noch Kapellen, dafür drei Beizen. Eine davon, die alkoholfreie "Teestube" wird abends meistens von jugendlichen Gästen besucht, mittags dagegen geniessen viele

Arbeiter und Arbeiterinnen der nahen Fabrik dort ihr gutes und günstiges Mittagessen.

Das „Piccolo" war einst der Treffpunkt der vielen Vereine. Jeder Verein existierte damals eigentlich im Doppel als sogenannte „freie Schützen" und als „Arbeiter Schützen", als „freie Turner" und als „Arbeiter Turner" u.s.w. Mit der Zeit wurde der Anteil von Schweizer Bürgern im Dorf immer kleiner und die Vereine mussten sich notgedrungen zusammenschliessen. Damals konnten wir Jungen nicht begreifen, dass die Politik das Vereinsleben eines Dorfes derart trennen oder fast verfeinden konnte. Heute hat sich alles verändert. Statt der fünfzehn Vereine gibt es heute noch deren zwei. Die drei kleinen Metzgereien, die zwei Bäckereien und die vier Lebensmittelläden haben dicht gemacht. Das Leben hat sich auch hier in jeder Hinsicht stark verändert. Man nimmt heute das Auto und sucht sich anonym seine Fressalien in entfernten Gemeinden zusammen. Ohne Auto und ohne Motorrad würde man wahrscheinlich hier in der Provinz verhungern.

Der hölzerne, runde Stammtisch im „Piccolo"

Das „Piccolo" hat den andern Dorfbeizen eine wichtige Institution voraus, nämlich den runden, uralten und schweren Stammtisch aus massivem Holz. An diesem hölzernen Tisch in der Ecke im „Piccolo" sitzen, wie meistens schon am späteren Nachmittag, einige ältere Männer. Es sind die paar treuen Stammgäste, die sich darauf verlassen, jeden Tag die gewohnten Gesprächspartner hier am Stamm zu finden. Sie geniessen den Feierabend bei einem Glas Rotwein oder bei einem Bier. Die andern paar Tische in der Beiz sind noch nicht besetzt, denn die meisten Leute sind noch an der Arbeit oder auf dem Heimweg. Die Alten sind also im Moment noch unter sich und können sich deshalb ungestört unterhalten. Früher waren die Tabak- und die Metallindustrie die grössten Arbeitgeber der Gegend. Tabakfirmen wie Burger (mit der Marke „Rössli"), Villiger, Rüesch, Weber etc hatten Weltruf und verarbeiteten viel Tabak zu köstlichen, edlen Zigarren. Allein in diesem kleinen Dorf existierten drei Firmen als Tabakimporteure. Sie reisten an die grossen Börsen im Amsterdam, Rotterdam und Bremen um dort für die verschiedenen Stumpenfabriken Tabak einzukaufen. Die meisten Frauen im oberen Teil des Tales arbeiteten früher an den Webstühlen, später dann in der besser bezahlten Zigarrenindustrie. Sie zeigten sich deshalb auf der Strasse selten ohne Stumpen oder Zigarre im Mundwinkel. Ob zu Hause, unterwegs oder im Restaurant, rauchen gehörte damals zum guten Ton. In den alten Schwarz-Weiss-Filmen rauchten die Schauspieler immer eine Zigarette. Die Mafiosi dagegen spielten ihre Rollen immer mit einer dicken Zigarre im Mund. Diese Gewohnheit ist bis heute noch nicht ganz verschwunden, das zeigt sich jetzt am Stammtisch, denn alle Männer am runden Tisch rauchen ihren Rössli- oder Villiger-„Stumpen". Einst hingen an den Plakatwänden Werbungen mit dem Spruch: „Sei ein Mann und rauche Stumpen!" Ob jene Werbung noch nachwirkt kann ich nicht glauben, aber trotzdem rauchen sie ihren Stumpen mit dem besten Gewissen, denn jeder Glimmstengel bringt einen Teil des dringend benötigten Geldes in die AHV. Es gibt neuerdings Menschen, die wollen uns das Rauchen verbieten mit der Begründung, es wäre eine die Gesundheit schädigende Unsitte. Das kann ja nicht stimmen, denn die Gäste am Stammtisch sind doch alle trotz dem Rauchen ziemlich alt geworden. Der deutsche Kanzler Helmut Schmidt wurde 97 Jahre alt und war ein Kettenraucher. Bei jeder einstündigen Diskussion am Fernsehen verbrannte er sicher ein ganzes Päckli Zigaretten, und dies ohne einen einzigen Hustenanfall. Rauch scheint also nicht nur das Fleisch, sondern auch die Gesundheit zu konservieren.

Peter, unter Kollegen „Pitsch" genannt mit seinen bald neunzig Jahren ist wahrscheinlich der Älteste der Runde und zugleich der lebende Beweis meiner Behauptung. Auf seinem Kopf gedeihen noch ein paar weisse Haare, es ist kleiner Rest seiner einst üppigen Haarpracht. Geblieben ist nur der riesige, gelblichweisse Schnauz. Dieser gibt seinem faltigen Gesicht einen ganz speziellen Charakter. Meistens sagt er nicht viel am Stammtisch, er sitzt nur da mit seiner Zigarre zwischen Zeig-und Mittelfinger und sagt kein Wort, wahrscheinlich will er niemanden mit seinen Sprüchen kränken. Auch er ist ein lebender Beweis für die gute Wirkung des Rauchens. Trotzdem wurde von den Schweizer Stimmberechtigten ein ungeliebtes und eine Menge von Arbeitsplätzen kostendes Gesetz verabschiedet. Dank diesem Gesetz darf nur noch an bewilligten Orten geraucht werden. Darum mussten viele Beizen ihre Räume umbauen, ändern oder einfach schliessen.

Neben ihm sitzt Hannes, unter Kollegen Hausi genannt, der pensionierte Chauffeur. Früher war er als Postauto-Chauffeur im Berner Oberland tätig. Später wechselte er in eine Transportfirma und chauffierte dort heikle Güter vom Basler Rheinhafen durch den Gotthard ins Tessin. Hausi stupst Pitsch den Ellenbogen in die Rippen und fragt „morgen hast du ja Geburtstag, wie alt wirst du genau?" „Neunzig" ist seine kurze Antwort. „Dies ist ein schönes Alter" meint dann Hausi, „und dies bei deiner beneidenswerten Gesundheit." Mit diesem Satz hat Hausi den Peter auf dem falschen Fuss erwischt. „Ich höre immer denselben verdammten Scheiss „schönes Alter". Du weisst ja gar nicht, was es heisst, so alt zu werden. Bedenke doch einmal meine beschissene Situation: Früher als meine Frau noch lebte, haben wir viel zusammen unternommen, zudem war ich ein geselliger Mensch und machte in verschiedenen Vereinen mit. Jetzt bin ich aber allein, meine Frau ist schon vor Jahren gestorben, die Vereine in denen ich mitgemacht habe sind alle verschwunden, denn die Jungen zeigen kein Interesse mehr. Die ehemaligen Freunde sind die meisten schon seit Jahren auf dem Friedhof und ich vegetiere allein dahin. Und so etwas nennst du ein schönes Alter, vergiss es!"

Bläsi der ehemalige Geschäftsmann findet, er hätte ähnliche Probleme. Vor ein paar Monaten sei seine Frau gestorben und jetzt wo er viel Zeit für alles habe, wisse er nichts damit anzufangen. Früher hätte er kaum Zeit für seine Hobbys gefunden, denn jeden Morgen um sieben Uhr hätte sein Arbeitstag im Büro begonnen, die kurze Mittagspause bot wenig Erholung und Abends sei er dann todmüde ins Bett gefallen. Die Sonntage wären meist den unerledigten Arbeiten zum Opfer gefallen. Nur die zwei Wochen Ferien im Sommer konnte er damals mit seiner Familie zusammen geniessen. Jetzt sind die Kinder ausgeflogen, die Frau ist nicht mehr da, das einzige was ihm vom Leben noch bleibt ist die Zeit. Wenn er sich in seiner aktiven Zeit ein Hobby oder sonst eine Freizeitaktivität geleistet hätte, wüsste er, heute wie man auf angenehme Weise die Zeit totschlagen könnte. Aber so bleibt ausser dem Stammtisch nicht viel Angenehmes.

Die andern Tischgenossen, Erich, Bläsi, Roberto, Walter, Ruedi und Michael sind alle älter als siebzig und mit Hausis Äusserung einverstanden und fügen als weitere negative Gründe des „hohen Alters" die vielen möglichen Krankheiten hinzu. Und Roberto meint „wenn man sich das Alter der Menschen genau ansieht zeigt sich, dass der Mensch eigentlich „nur" auf ca 50 – 55 Jahre programmiert ist. Früher, bis ins Mittelalter, wurde selten jemand älter. Das wäre wahrscheinlich auch heute noch so, denn wer älter wird, lebt mit wenigen Ausnahmen künstlich, das heisst nur dank dem grossen Wissen der Ärzte und dank der Wirkung der Medikamente. Darum stieg seit dem Mittelalter das Durchschnittsalter von damals 45 Jahren bis heute kontinuierlich an. Ein Blick in die Runde bestätigt seine Behauptung. Um die fünfzig hatte jeder der Anwesenden entweder eine Blinddarmoperation, eine Lungenentzündung oder sonst eine lebensgefährliche Krankheit die mit ärztlicher Hilfe geheilt werden konnte, früher aber sicher tödlich geendet hätte. Gegen den Herzinfarkt war man einst ebenfalls machtlos, damals starben die meisten Menschen an einem „Herzschlag".

Erich der gewesene Beizer findet das Leben heute viel lebenswerter. Er hat seine Hörgeräte montiert und erklärt lautstark: „Früher sah doch ein Mensch um die sechzig ziemlich alt und mit siebzig sogar uralt aus. Heute dagegen fährt man noch mit über achtzig Jahren Auto, man ist aktiv und unternimmt noch allerhand, man macht mit dem eigenen Fahrzeug sogar Ferienreisen ins Ausland.

Wenn dann so ein alter Fahrer in einen Unfall, schuldig oder nicht verwickelt ist, verbreiten die Medien die Nachricht mit der Angabe des hohen Alters. Es tönt jeweils so als wäre der siebzigjährige Beteiligte logischerweise wegen des Alters der Schuldige. Wenn dagegen einem jugendlichen Raser so etwas passiert heisst es höchstens „der Verursacher war ein jugendlicher Schweizer". Wenn es ein Papierschweizer ist wird die Herkunft bewusst verschwiegen weil es ja sonst an Rassismus grenzen würde. Aber so sind eben die linken Medien!

Röbi meint, die heutige Zeit sei doch viel angenehmer und viel besser zu ertragen als jene Kriegszeiten. Damals gab es noch keine AHV und keine der verschiedenen zusätzlichen Säulen. Dies sind alles Eigenschaften, die das heutige Dasein viel schöner und vor allem sorgloser machen. Das Geld für diese angenehmen Dinge mussten wir aber zuerst hart erarbeiten, wir mussten auf vieles verzichten, um diese Hilfe im Alter zu finanzieren. Mit andern Worten, wir haben diese heutigen Annehmlichkeiten früher zuerst ersparen müssen. Aber wir müssen heute verdammt aufpassen, denn es gibt viele Nutzniesser, die unsere früher zum Teil hart erarbeiteten Ersparnisse der Altersfürsorge für sich beanspruchen. Heute fahren doch viele Leute im dicken Mercedes oder BMW durch die Gegend, es sind zum Teil Leute die kaum je gearbeitet haben, aber ihr Luxusdasein auf Kredit oder zum Teil mit der Sozialhilfe fristen können. Aber davon darf man ja nicht sprechen, denn es könnte sogar strafbar sein und ist vor allem unsozial. Trotzdem hörte ich heute, dass im Kanton Bern darüber abgestimmt wird, ob die Sozialhilfe generell gekürzt werden soll. Man findet dort, ein Sozialhilfe-Empfänger sollte nicht mehr Geld erhalten als ein Mensch der sein Geld mit Arbeiten verdient. Wenn in einer Familie aus welchen Gründen auch immer mehrere Mitglieder Hilfe erhalten, läppert sich der Geldsegen ganz hübsch zusammen.

Sämi erinnert sich noch an verschiedene alte Männer von damals. Da war doch jener uralte Italiener, der Giorgio, der sein Leben mit Hausieren und Betteln finanzierte. Wenn er dann ein paar Fränkli im Sack hatte, ging er in die nächste Beiz und liess sich mit billigem Wein voll laufen. Wenn wir Kinder diesen Tschingg auf der Strasse dahin wanken sahen, hänselten wir ihn auf gemeine Weise. Er konnte uns ja nichts antun, denn wir waren viel schneller als er in seinem Zustand. Wenn er dann nach einiger Zeit wieder nüchtern daherkam, erinnerte er sich nicht mehr an uns Missetäter. Jener Giorgio ertränkte seine Sorgen im Wein und kam auf diese Art einigermassen sorglos durchs Leben. Er war nie Besitzer eines Autos, nicht einmal ein Fahrrad konnte er je sein Eigen nennen.

Und für jenen Kari, den alten Gärtner, gab es sein ganzes Leben lang nichts als Arbeit. Ferien gönnte er sich nie und im „Löwen" in der Nachbargemeinde sah man ihn nur selten. Wenn irgendwo ein Baum geschnitten werden musste, war Kari zur Stelle und erledigte die Arbeit fachgerecht und zur Zufriedenheit für ein Trinkgeld. Sogar die alten, hohen Pappeln hat er noch letztes Jahr bis hinauf in die Spitze verjüngt. Sicher hätte manch junger Mann Mühe, dort oben in der schwindelnden Höhe, die Äste mit der Säge zu kürzen.

Peter, genannt Pitsch, meinte lakonisch, früher hatte man eben nur die Arbeit gekannt. Im Dorf mit den etwa 700 Einwohnern gab es nur drei Telefone. Diese waren alle mit zwei Drähten zusammengeschlossen und konnten nur zum telefonieren gebraucht werden. Die Telefonnummern der Abonnenten waren nur dreistellig und konnten nicht mit einer Wahlscheibe eingestellt werden, man musste damals die gewünschte Nummer dem Telefonamt mitteilen und die Telefonistin in jenem Büro stellte dann die Verbindung von Hand durch „Stöpseln" her. Wenn jemand telefonierte, waren die beiden andern Telefonapparate während dieser Zeit blockiert. Fernsehen gab es natürlich noch nicht, dafür gab es viel mehr Kinder. Aber man war mit der Situation zufrieden, man hatte ja keine andere Wahl. Wenn man jene Zeit und deren Unterhaltungsgeräte mit heute vergleicht bekommt man das grosse Kopfschütteln. Wie konnte man damals ohne alle die i-Phones, Digitalradios, TVs, etc überhaupt leben? Womit füllte man damals die Zeit ohne Kenntnis von all dem heutigen fortschrittlichen Plunder?

Roberto, der Italiener aus der Toskana erzählt, wie er einst als Saisonnier, jeweils vor der beginnenden Saison, mitten in der Nacht irgendwo bei Florenz startete und 800 Kilometer über die teilweise nicht asphaltierten Naturstrassen mit durchschnittlich 60 km in die Schweiz „raste" und dann dort irgendeinmal nachts an der Grenze ankam. Zuerst musste er sich im nahen Büro einem Gesundheitscheck unterwerfen, erst danach konnte er die Reise fortsetzen. Kurz nach dem Ende des zweiten Weltkrieges kam er als Saisonier in die Schweiz. Für die Reise benützte er jeweils seine mit Koffern voll beladene Lambretta. Diese tolle Möglichkeit zu arbeiten hätte er nach Kriegsende, Gott sei Dank, gehabt. So sei es ihm sehr gut gegangen, er hätte in der Schweiz von Frühling bis Herbst gut bezahlte Arbeit gefunden. Im Herbst musste er die Schweiz wieder verlassen und durfte erst im Frühling wieder einreisen. Das hatte zwei gute Seiten: Nach einem halben Jahr harter Arbeit auf dem Bau konnte er ein halbes Jahr bei seiner Familie im Süden verbringen und sein Arbeitgeber musste ihm in dieser arbeitslosen Winterzeit keinen Lohn bezahlen. Es war für beide Seiten eine goldene Zeit. Auf diese Weise konnte er sich ein Konto bei der Bank eröffnen und später sein Haus bauen. Heute sei er ein alter Sack, aber dank seiner damaligen Arbeit als Saisonnier geniesse er heute mit seiner Frau sein Leben in der Schweiz.

Walter, seit seiner Pensionierung als Hobby-Kaninchen und Kanarienvogel-Züchter tätige Rentner, erzählt von seiner neuen Beschäftigung als Hobby-Geschichten-Erzähler. Das sei für ihn eine ganz neue Erfahrung, denn er hätte eigentlich so viel zu erzählen, hätte aber Hemmungen, dies auf ein Blatt Papier zu bringen oder sogar als Leserbrief den schon selten gewordenen Tages- oder Wochenzeitungen anzuvertrauen. „Schau, schau" tönt es in der Runde „der Walter erscheint plötzlich als grosser Schriftsteller". Roberto bittet ihn, der Runde doch ein paar Geschichten aus seinem Repertoire zum Besten zu geben. Walter blickt in die Runde und sagt, er hätte ein paar Leserbriefe aufgesetzt, wenn niemand etwas dagegen habe, würde er gerne ein Muster vorlesen. Er möchte aber auf keinen Fall mit seinem Geschreibsel jemanden langweilen. Er greift in die Jackentasche und holt ein Bündel gefaltete Blätter heraus, nimmt das erste Blatt vom Stapel, öffnet es und beginnt zu lesen:

Leserbrief No 1: Warum verschwinden eigentlich so manche Beizen??

„Es gibt doch nichts Schöneres für einen Mann, eine Frau, oder ein Paar, als abends kurz oder auch länger an einem gemütlichen Stammtisch in einer Beiz zu sitzen. Diskussionen sind dort das wichtigste: Man kann sich den Kropf leeren oder ganz einfach die Welt verbessern. Der Stammtisch war früher ein Treffpunkt für jedermann. Wenn der Gast an den vollbesetzten Tisch kam, wurden ganz einfach die Stühle gerückt und der Kreis erweitert. Man traf dort abends immer Bekannte und viele Gäste waren dann ganz einfach in bester Gesellschaft und vor allem nicht mehr allein.

Leider ist dies alles Vergangenheit. Die Beizen und ihre Stammtische sind heute abends halbleer oder sogar verschwunden. Ein Feierabend-Bier ist oft nach der Arbeit und vor dem Nachhausegehen noch drin, ein zweites ist aber schon mit dem Risiko den Zettel zu verlieren, verbunden. Aber wer abends noch ein wenig "unter die Leute" will, lässt am besten das Auto in der Garage und geht zu Fuss an den Stamm. Dort trifft er nicht selten statt Gäste nur noch unzufriedene Beizer an. Für diesen Zustand werden Gründe gesucht und sogar gefunden: Es sind vor allem das allgemeine Rauchverbot und die 0,50 Promillegrenze beim Alkoholkonsum für Motorfahrzeuglenker, sowie das verdammte Fernsehen. Obschon noch viele andere Gründe für das Wegbleiben der Gäste existieren, werden diese nicht gefunden oder nicht erkannt.

Verschiedene Beizen wurden modernisiert, d.h. die Lokale wurden neu möbliert, frisch gestrichen und mit einer sympathischen Beleuchtung versehen. Den Betrieben wurde eine Raucherecke angefügt damit sich auch Raucher "zu Hause" fühlen und nicht auf ihr Vergnügen verzichten müssen. Es wurde zum Teil sehr viel ins Wohl der Gäste investiert. Trotzdem „klemmt`s" vielerorts, die

Gästeschar wird immer kleiner und von einem Stammtisch kann man oft nicht mehr reden.

Was mag denn der Grund für diesen ungeliebten Zustand sein? Als kleiner Mann mit magerem Portemonnaie habe ich mir so meine Gedanken gemacht und habe dann einige mögliche Gründe gefunden: Warum kostet in der einen Beiz ein Halbeli Rotwein 18.- Franken, warum kostet in der andern Beiz, 100 Meter weiter, derselbe Wein 28.- Franken? Der Wirt vom „Chrüz" kauft jeweils im Grossverteiler tiefgekühlte Pizzen, das Stück für -.85 Rappen. In seiner Beiz verlangt er für die aufgebackene Pizza 10 Franken. Jeder Beizer kann und muss seine eigene Rechnung machen, aber dann sollte er sich beim Einkauf nicht von einem seiner Kunden erwischen lassen. Aber mit einem Faktor 3,4,5 oder sogar 10 ist noch kein Glas Wein verkauft. Und die zehnfränkige Hausspezialität wird kaum zum „Renner" werden. Wenn der Schweizer Konsument eine lange Autofahrt in Kauf nimmt, um in Deutschland für ein paar Franken billiger einzukaufen, schaut er halt bei den Beizen auch auf die Preise! Und wenn dann der Gast sogar den Beizer im Diskonter beim Einkauf überrascht und feststellt, dass dieser für einen halben Liter Wein 3.25 Fr. bezahlt und diesen dann für 26.--Fr. in der Beiz verkauft, fasst er sicher den Vorsatz, künftig diesen Wein zu Hause im bequemen Sessel zu trinken. Wenn er sich dann aufrafft und den Weg in die Beiz unter die Schuhe nimmt, wird er dort mit einer Flasche Bier vorlieb zu nehmen. Mit einem Coca-Cola ist er dann sogar unter der Kosten- und Promillegrenze.

Unsere Beizen unterstehen einer sehr strengen Lebensmittelkontrolle. Die meisten Besitzer müssen eine Wirteprüfung absolvieren. Es geht dabei um die Sicherheit der Gäste. Warum gewisse Beizen, ohne diese Bewilligungen, befristet existieren dürfen, ist mir und andern Gästen nicht klar. Leider existiert aber bis heute *meines Wissens noch keine Vorschrift über die Luftreinehaltung in der Beiz. Da hängt den ganzen lieben Tag der Küchenduft von gestern Mittag, gestern Abend und heute Mittag noch voll in der Luft. In der Küche wird gekocht, gebrutzelt, gebacken und diese Küchenluft gelangt durch die stets offene Türe in die Beiz. Bei geschlossener Küchentüre und laufendem Küchenventilator würden diese Düfte durch einen Filter in die Freiheit gelangen und nicht das ganze Lokal verpesten! Kommt dann so ein betroffener Gast nach Hause, heisst es aus der Ecke: "Du stinkst heute nach der Beiz "X", hau wieder ab und zeig dich erst wieder in frischen Kleidern und vor allem geduscht, das ist ja nicht zum Aushalten"! Es sollte doch einem Wirt klar sein, dass der Gast sein Bier oder sein Glas Wein in sauberer Luft geniessen möchte und nachher beim Nach-Hause-Kommen nicht nach einem gemixten Mief von Zigarren Zigaretten und Pommes-Aroma stinken will. Mit der heutigen Technik kann eine Beiz wirklich mit sauberer Luft versorgt werden! Vielleicht ist dies sogar für die Mehrheit der Gäste ein Hauptgrund auf den Besuch dieser Beizen zu verzichten!*

Mit der Höflichkeit des Personals stets auch nicht immer zum Besten. Der zum Teil obligatorische "saure Stein" passt nicht jedem Gast. Deshalb besucht er wenn möglich eine Wirtschaft mit einer netten, freundlichen Serviertochter, denn dort schmeckt das Bier viel besser. Die Beiz wird nämlich meistens wegen den andern anzutreffenden Gästen und notabene wegen der netten oder sogar lustigen Serviertochter besucht und nicht etwa wegen dem Beizer. Dies ist ein böser, aber logischer Grund, und er stimmt meistens!

Dann gibt's aber noch einen weiteren sehr wichtigen Grund, und den können wir leider nicht ändern, es ist die heutige Kundschaft und deren Verhalten. Türken, Jugoslaven etc sind sehr liniengetreue Menschen, sie halten zusammen und stehen zueinander und besuchen nur die Beizen ihrer Landsleute. Diese Gäste sind ein Teil der heute fehlenden Kundschaft, denn sie besuchen selten oder nie einheimische Schweizer Beizen. Wenn diese aber von ausländischen Wirten übernommen worden sind, sieht der Fall anders aus. Aber dort sind dann die Schweizer oft nicht gern gesehen und bleiben deshalb fern. "

Walter ist mit seiner Geschichte zu Ende, faltet seinen Zettel wieder zusammen und sagt: „Mit diesen Zeilen habe ich versucht etwas Klarheit in die heutige unerfreuliche Zeiterscheinung zu bringen. Ob man daran etwas ändern kann oder will sei jedem Beizer überlassen. Er kann vieles ändern, aber viele Probleme lassen sich wahrscheinlich nicht lösen!"

Die Gäste um den Stammtisch klatschen zustimmend in die Hände und zeigen sich mit dem Inhalt dieser Geschichte einverstanden. Pitsch meint: „gar nicht schlecht für das erste mal, vielleicht lässt du diesen kritischen Leserbrief sogar drucken. Hast du noch mehr auf Lager?, dann mach bitte weiter!" Die Runde nickt zustimmend. Okay meint Walter, greift sich das Bündel Notizen und beginnt von neuem:

Leserbrief No 2: Fortbildungskurse in Sachen Anstand für Lehrer

Kürzlich beobachtete ich ein paar Lehrer, die ihren anvertrauten Schülern (geschätzt 1 – 5 Klässler) scheinbar bei einer Frühlingswanderung das Erwachen der Natur zeigen wollten. Sie spazierten locker den verschiedenen Gärten entlang. Scheinbar waren auf diesem Ausflug die Handys verboten, denn die Kinder unterhielten sich lautstark zusammen. Ab und zu brachten sie mutig mit ihren Bell-Lauten die Hunde und Hündchen in den Gärten zum Bellen. Die Kinder fühlten sich stark und hetzten die Hunde auf. Kein Problem, sie konnten die Tiere bis zum "Gehtnichtmehr" reizen, sie waren ja durch die Hecken geschützt. Später, als Erwachsene sind sie dann jene Leute, die vor Angst auf die andere Strassenseite wechseln, wenn ihnen auf dem Trottoir ein Pudel entgegen kommt, man kennt ja jenes Verhalten! Dies alles ginge ja noch an, es sind ja wahrscheinlich Block-Kinder, die nie mit Tieren umgehen durften oder konnten. Ihr einziges Unterhaltungsmittel ist schliesslich das I-phone. Was mich eigentlich mehr aufregte, war das Verhalten der Lehrer. Diese gingen schweigend in der Kolonne und keinem kam es in den Sinn, die Kinder zur Raison zu bringen und ihnen den Unsinn ihres Verhaltens zu erklären. Diese Lehrer, sollten eigentlich ein Vorbild der heutigen Jugend sein, aber sie marschierten gedankenlos über die zahllos im Weg (auch Schulweg) liegenden Coca-Dosen und Petflaschen hinweg. Die Schüler spielten damit Fussball, aber von den Erziehern wurde kein Wort über die Schweinerei auf den Strassen und in den Gärten gesprochen. Dabei wäre sicher jetzt der günstigste Moment gewesen, ihren Schülern den sicher fehlenden Anstand und Ordnungssinn beizubringen. Der überall deponierte Kehricht hat auch viel mit dem Schutz der Umwelt zu tun, es gibt nämlich nicht nur das CO2 als

Schadstoff. Vielleicht tue ich den Lehrern Unrecht, vielleicht war ja nach dieser Exkursion ein Gespräch geplant. Ich glaube es aber nicht, denn seit Jahren werden Strassen, Wege, Flüsse und Gärten nicht nur von Erwachsenen, sondern auch von den Schülern als Kehrichtdeponie genutzt, aber scheinbar hat niemand etwas dagegen. Vielleicht kommen die Lehrer nicht von selbst auf die Idee, den Kindern die in dieser Hinsicht noch fehlende Erziehung spielend zu verpassen. Wenn es so ist, könnten sie dies vielleicht bei einem der zahlreichen Fortbildungskurse erlernen. Es wäre schön!!!!

Wieder klatscht die ganze Runde und Trudii meint: „Walter, du hast total recht. Aber Artikel mit diesem Inhalt und Wortlaut darfst du auf keinen Fall als Leserbrief veröffentlichen, denn einige Personen könnten sich stark angesprochen und beleidigt fühlen". „wo sind wir eigentlich?" ruft Ruedi lautstark, aber du hast vollkommen recht, man darf heute nicht mehr sagen, was man denkt, und wenn es auch 100 % der Wahrheit entspricht!"

„Wir sind noch unter uns, mach weiter" ruft jetzt Michael, genannt Mike, dazwischen. Walter gibt sich nochmals einen Stoss und sagt: „Gut, ich habe noch einen Leserbrief vorbereitet, aber dann ist Schluss, dann sage ich keinen Ton mehr"!

Leserbrief No 3: Es war einmal: Erinnerungen

Ich erinnere mich an die alten Bahnwagen der SBB und der WTB. Da war jeweils über der Türe ein Emailschild angebracht mit folgendem Inhalt: "auf dem Boden spucken verboten". Dank dem damals sehr oft genossenen Kautabak waren diese Verbote dringend nötig. Diese Spuren auf den Holzböden der Bahnwagen waren unappetitlich und schwer zu reinigen. Ich erinnere mich an das Schulzimmer eines Lehrers, da stand doch in einer Fensterecke ein Spucknapf, gefüllt mit Sägemehl. Diese grusligen Geräte mussten von den Schülern mehrmals pro Woche geleert und dann gewaschen werden. Der erste und sicherste Grund für die Verbotsschilder war bestimmt das in den fünfziger Jahren neu entstandene und geförderte Hygieneverständnis. Man wusste, des Bakterien und Viren durch eine schlechte Hygiene schnell verbreitet werden können. Die Schweizer Bahnreisenden hielten sich super an diese Vorschrift! In jener Zeit bin ich sehr oft, meistens fast täglich mit dem Zug unterwegs gewesen und habe nie jemanden spucken gesehen! Wir fragten uns damals, wieso die Schilder überhaupt angebracht wurden. Wenige Jahre später verschwanden diese schönen, alten Schilder, sie wurden nicht mehr über den Türen und neben den Aschenbechern angebracht.

Aber heute mit den neuen eingewanderten Kulturen sollte eigentlich wieder ein Spuckverbot ausgesprochen werden. Bei Fussballspielen spucken gewisse Spieler in den Rasen, und die eventuell stürzenden Kollegen machen dann am Boden mit der unappetitlichen Ausscheidung, der Spucke, Bekanntschaft. Auf dem Land herrschte früher die schöne Sitte, sich beim Kreuzen auf dem Trottoir zu grüssen. Ein freundliches „Guten Morgen" war damals einfach Pflicht. Es gab sogar ein Sprichwort „mit dem Hut in der

Hand kommst du durchs ganze Land". Heute ist dieses Grüssen nicht mehr Mode oder sogar unmöglich, denn die Fussgänger sehen und hören nur noch auf das Handy. Aber In der Schule, auf dem Pausenplatz, auf der Strasse, überall wird wie einst gespuckt. Dieses für uns Schweizer unhygienische Verhalten gilt in gewissen Ländern scheinbar als „cool" und wird bei uns schon von den Schülern und Erwachsenen „mega" praktiziert. Scheinbar gefällt dies den Lehrern und Lehrerinnen, jedenfalls habe ich noch nie gehört, dass jemand das Verhalten kritisiert hätte.

Irgendwo habe ich folgendes erlebt: An einer Strassenkreuzung steht eine Nichtraucher-Beiz. Wenn der Wirt Lust auf eine Zigarette hat, geht er wie seine Gäste nach draussen an die frische Luft, um den Hunger nach einer Zigarette zu stillen. Oft traf es sich, dass dann in einem solchen Moment ein top frisierter und gut angezogener und schon lange in der Schweiz lebender Ausländer vis a vis auf dem Trottoir gemütlich vorbei ging und dann so alle 10 Meter laut und kräftig auf das Trottoir spuckte. Dies passierte täglich viermal, denn der Typ ging zweimal täglich in die Moschee, je einmal hin und einmal retour. Der Mann bezieht seit bald vierzig Jahren als scheinbar gesunder Mensch Sozialhilfe und wird sich auf diese Art wahrscheinlich bei seinem Allah bedanken. Dem rauchenden Wirt schien der spuckende Typ gar nicht zu passen, denn er rief dem Türken zu, er sei ein gottverdammter Sauhund, er solle doch bitte zu Hause in die Wohnung spucken und nicht da vor seiner Beiz, wo die Schulkinder und Fussgänger unterwegs seien. Dieses Kompliment rief er dem unhygienischen Spucker ein paarmal zu, bis dieser endlich eine Parallelstrasse für seinen täglichen Gang in die Moschee benützte. Aber auch dort wird weiter gespukt und die feuchten, grausligen Spuren sind auf dem Trottoir sichtbar. Pfui Teufel!!!

Wenn am Sonntag ein Schweizer Fussballmatch im Fernsehen übertragen wird, sieht man schon am Verhalten der Männer, woher sie kommen. So ein Schweizer Fussballklub besteht wie man auf verschiedenen Gruppenfotos sehen kann aus vier Schwarzen, vier Osteuropäern und drei Schweizern. Bis jetzt habe ich noch nie festgestellt, dass Schweizer Spieler diese dreckige, verachtende und unhygienische Mode ebenfalls praktizieren. Man stelle sich vor, wenn nun ein Kollege oder ein Gegner stürzt, ist die Chance sehr gross, dass er in den unappetitlichen Gruss fällt. Da kann ich nur noch Pfui Teufel denken, sagen darf man es nicht!"

So, jetzt habe ich meinen Kropf geleert, meint Walter. Wenn ich etwas Falsches oder etwas zu Freches geschrieben habe, sagt es mir bitte. So habe ich eine kleine Ahnung, wie mein Geschreibsel als Lesebrief ankommen würde.

Sämu antwortet als erster. Er findet, Walter habe mit seinen Leserbriefen vollkommen recht, er sei mit jedem Satz einverstanden, aber als Leserbriefe wären diese Äusserungen viel zu lang und würden deshalb von den Zeitungslesern kaum von a bis z gelesen. Um dies zu erreichen müsste Walter seine Ideen auf wenige markante Sätze reduzieren. Nur so würde seine Kritik an der heutigen Kultur möglichst viele Leser erreichen und damit vielleicht etwas bewegen. Die ausführliche Kritik könnte er schliesslich in Form eines Buches erreichen und damit seinen Ideen freien Lauf lassen. Auch damit ist die Runde einverstanden und bedankt sich nochmals mit einem lauten „Prost zusammen".

Rüedu der knallharte EU-Kritiker findet, der Europäische Verein, genannt EU, werde immer komischer und zeige von was für Komikern der Klub regiert werde. Warum entstand eigentlich die EU?

Soviel er sich erinnert hatten vor vielen Jahren immer zuerst nur zwei Länder zusammen „Mais". Es waren Deutschland und Frankreich.

Vor mehr als 200 Jahren schrieb Goethe schon in seinem „Faust":

„ein echter deutscher Mann mag keinen Franzen leiden, doch ihre Weine trinkt er gern."

Weil verschiedene Länder untereinander sogenannte Verteidigungsverträge hatten entstanden sogar Weltkriege.

Die Menschheit wurde immer, leider nur schrittweise, ein wenig intelligenter. Zwei Staatsmänner versuchten mit Friedensverträgen zukünftige Kriege zu verhindern. Initianten der Idee waren der deutsche Kanzler Konrad Adenauer zusammen mit Charles de Gaulle. Daraus entwickelte sich schliesslich die heutige EU.

„Die Schweiz als kleiner Staat mitten in Europa war früher immer neutral und konnte ihre guten Dienste als Vermittler im Weltgeschehen anbieten. Dies obwohl damals viele Mitbürger mit den Nazis sympathisierten und damit auf einen guten Posten hofften. Dann herrschte dank der EU lange Zeit, aber noch immer mit einigen Ausnahmen, Frieden in Europa. Als Tito verschwand, verklopften sich die Balkanländer wieder im Namen Gottes und Allahs wie einst, Irländer und Nordirländer verklopften sich aus religiösen Gründen im Namen Gottes bis 1992. Die EU ist heute eine Diktatur und ziemlich durcheinander, sie verkommt immer mehr zu einem bürokratischen Verein. Sie versucht den Frieden und die gute Zusammenarbeit zu sichern, merkt aber nicht, dass sich gewisse Völker praktisch unbemerkt Europa „unter den Nagel reissen".

Rüedu untermauert seine Behauptung, die EU sei ein bürokratischer Wasserkopf mit ein paar Zitaten aus dem Internet. Dort hat er nämlich ein paar Gesetze und Vorschriften gefunden und gibt sie jetzt zum Besten:

Google: Unter dem Titel EU-Richtlinien liest man: Die EU-Bürokratie hat im Laufe ihrer Geschichte zahlreiche irrwitzige aber geltende Verordnungen auf den Weg gebracht. Hier einige Beispiele:

Die Bürokratie in Brüssel bestimmte lange Zeit den Krümmungsgrad von Gurken und auch den Durchmesser von Äpfeln.

Pizza Napoletana darf maximal vier Zentimeter dünn sein und einen Durchmesser von höchstens 35 Zentimeter haben.

Weitere EU-Empfehlungen im offiziellen Amtsblatt: Die Teigware soll weich und elastisch sein und sich zusammenklappen lassen.

Fünf Liter Flüssigkeit müssen in einem mindestens 16 Zentimeter langen Kondom Platz finden, ohne dass dieser platzt, berichtet ein Brüssel-Korrespondent des SWR. Angeblich beruht diese Regelung auf einer Initiative der Franzosen.

Das Aufstellen einer Leiter wird so beschrieben: Aufklappen, gerade hinstellen, draufsteigen. Eine Leiter aufzubauen, ist nicht schwierig. Eigentlich. Doch wer die Leiter-Richtlinie (2001/45/EG) liest, könnte meinen, es handle sich um einen hochkomplexen Vorgang: „Die Leiterfüße von tragbaren Leitern müssen so auf einem stabilen, festen, angemessen dimensionierten und unbeweglichen Untergrund ruhen, dass die Stufen in horizontaler Stellung bleiben. (...) Das Verrutschen der Leiterfüße von tragbaren Leitern muss während der Benutzung dieser Leitern entweder durch Fixierung des oberen oder unteren Teils der Holme, durch eine Gleitschutzvorrichtung oder durch eine andere gleichwertige Lösung verhindert werden."

Quelle: picture alliance/Karl-Heinz Spremberg

Seilbahn-Richtlinie: Auch die Länder Berlin und Mecklenburg-Vorpommern mussten dem SWR zufolge Gesetze für die Sicherheit von Seilbahnen erlassen. Dabei gibt es dort gar keine Seilbahn.

Gedanken vor dem Einschlafen

Alexes täglicher, zur Gewohnheit gewordener, abendlicher Spaziergang mit dem Schäferhund Nero, endet normalerweise in der Stammbeiz. Diese ist heute extrem verraucht, denn dort sitzen heute am runden Stammtisch ein paar ältere mit Zigarren bewaffnete Männer. Man diskutiert über Gott und die Welt. Der Fussballmatch vom letzten Sonntag ist ein weltweites Thema, jeder Schuss der Favoriten wird nochmals kritisiert und kommentiert. Ich selber finde Fussball heute eine kriminelle Spielart. Auf dem Spielplatz sind mehr offizielle und inoffizielle Polizisten vertreten als Spieler. Damit sollen auf Staatskosten Schlägereien und kriminelle Aktionen jeder Art zum voraus unterbunden werden um die Zuschauer zu vor Schäden zu schützen. Nach seiner Ansicht hat heute Fussball nichts mehr mit Sport zu tun, deshalb kann er darauf verzichten. Heutzutags sind leider junge Leute selten am Stammtisch dabei, denn die haben andere Interessen. Aber keine Regel ohne Ausnahme, heute ist es ein wenig anders als sonst, denn es sitzen noch drei ziemlich versoffene Typen ebenfalls am Stammtisch und die unterhalten sich laut. Der eine ist mit Lederhosen, ausgefranstem Lederkittel im Western Style und Stetson bekleidet. Scheinbar ist er schon längere Zeit hier, sein Alkoholpegel ist schon recht hoch und seine Stimme übertönt sogar die Diskomusik aus dem Lautsprecher. Der zweite der Runde steckt noch in seinen Überkleidern, es ist scheinbar ein Handwerker, der seinen Feierabend geniesst. Sicher ist er schon seit dem späten Nachmittag hier und "füllt seine Lampe". Unter seinem Bierdeckel liegen schon einige Kassabons und deshalb lassen sich seine paar getrunkenen Flaschen Bier leicht abschätzen. Diese beiden unterhalten sich laut, nein, eigentlich schreien sie sich gegenseitig laut an, es tönt, als müssten sie sich von einer Talseite zur anderen verständigen. Der dritte daneben macht einen ungepflegten Eindruck: Schmutzige Kleidung, Dreitagebart, ungewaschene, verklebte lange Haare und ölverschmierte Hände. Er lässt den Kopf hängen und scheint zu schlafen. Notgedrungen setze ich mich mit meinem Schäferhund Nero ebenfalls an den Tisch und bestelle einen Kaffee. Die Serviertochter, die Carla bringt meinen Kaffee mit saurer Mine. Die kleine, sonst normale Zugabe, das kleine Schöggeli hat sie heute vergessen. Ist doch egal, ich will ja nur meinen guten, abendlichen Kaffee geniessen. Den anwesenden Stammgästen scheint die Runde ebenfalls nicht zu behagen denn sie benützen die Anwesenheit von Carla und bezahlen ihre Konsumation. Jeder der alten, rauchenden Gäste geniesst noch ein paar Züge, dann werden die Zigarren mit einem kurzen Druck im Aschenbecher ausgelöscht. Allein sitze ich jetzt mit den drei Besoffenen am Tisch. So habe ich mir eine gemütliche Stunde in der Beiz eigentlich nicht vorgestellt. Hier werde ich mich heute sicher nicht lange aufhalten, denn das Palaver der anwesenden Besoffenen passt mir nicht. Schnell ist mein Kaffee getrunken und bezahlt. Eigentlich schade, denn ich freue mich täglich auf den Stammtisch.

Die Nacht ist unterdessen hereingebrochen, die wenigen Strassenlampen erhellen die sonst dunklen Strassen und strahlen eine gewisse Sicherheit aus. Heute fühlt man sich, im Gegensatz zu früheren Zeiten, nicht mehr so ganz wohl und sicher auf den nächtlichen Strassen. Dann erreicht Alex seine Wohnung, hängt den Mantel an den Bügel und begibt sich dann in die gute Stube, wo seine Berti einen Pilcher-Film geniesst. "Was ist los, warum bist du schon zurück? geht`s dir nicht gut oder war am Stamm nichts los?" Kurz erzählt er ihr, was er in der Stammbeiz antraf, kritisiert das Verhalten der Wirtsleute, die Carla nicht unterstützten und scheinbar nicht merken, dass diese vermeintlich guten Gäste die Stammgäste vertreiben. Dann trinkt er mit Berti zusammen ein Glas Rotwein. Dieses obligatorische Glas Rotwein gehört zu ihrem abendlichen Ritual. Es tut gut, ist gut und es beruhigt, Darum nennen sie es "den Schlummertrunk". Ist es der Wein oder der Temperaturunterschied von der kühlen Nacht zur warmen Wohnung, oder sogar die langweilige TV-Sendung? Alex weiss es nicht, vielleicht wirkt alles zusammen dreifach verstärkt. Jedenfalls werden die beiden müde und schon nach kurzer Zeit schlafen sie tief in ihren bequemen Fernsehsesseln.

Mitternacht ist längst vorüber, Berti und Alex sind erwacht und sitzen noch immer in der Stube vor der Glotze. Nach dem kurzen und tiefen Schlaf hat die Realität die beiden wieder. Sie verfolgen noch kurz die tägliche Nachrichtenshow und ärgern sich über gewisse Vorkommnisse. Heute hat sie eine Nachricht speziell überrascht. Da hat doch ein Ausländer eine Schweizer Frau geheiratet und zugleich dass Schweizer Bürgerrecht beantragt. Nach zwei Jahren wurde er Schweizer, das heisst, er erhielt den begehrten roten Pass. Danach verschwand er ein sein Land, dorthin wo seine erste Frau auf ihn wartete. Die verlassene Schweizerfrau klagte, denn ein Schweizer darf ja nicht zugleich mit zwei Frauen verheiratet sein. In erster und dann in zweiter gerichtlicher Instanz wurde ihm das Schweizer Bürgerrecht entzogen. Der damalige Asylbewerber klagte und erhielt vom Bundesgericht „Recht", das Schweizer Bürgerrecht wurde ihm **nicht** entzogen. Alex sagt zu Berti „schau wenn endlich das verdammte Doppelbürgerrecht aufgehoben würde, und dies möglichst rückwirkend auf die letzten zehn Jahre, wären viele Probleme gelöst, denn entweder ist man doch Schweizer oder sonst etwas, aber nicht dieses Wischiwaschi-Zeugs. Ein Jugo bleibt ein Jugo, ein Deutscher bleibt ebenfalls ein Deutscher, das ist doch einfach normal. Wenn ein Schweizer in einem andern Land leben will oder muss kann er dies auch als Schweizer tun. Wenn zum Beispiel beim Fussball die Schweiz gegen ein anderes Land spielt, sind doch die wenigsten Spieler Schweizer, das ganze Theater hat also gar nichts mit einem Länderspiel zu tun. Das Urteil hat die beiden richtig wütend gemacht, weil nach ihrer Ansicht mit diesem Urteil eine fremde Religion in unserem Land höher bewertet wurde als das Schweizer Recht.

Die anschliessende Wetterprognose ist auch nicht unbedingt gemütserheiternd, also wechseln sie den Sender, blättern weiter und landen schliesslich bei der Talkshow von und mit Markus Lanz. Diese Talkshow finden beide sehenswert, es ist nur schade, dass sie erst zu später Stunde über die Mattscheibe flimmert. Aber auch diese Sendung geht einmal zu Ende. Vielleicht wissen die beiden morgen früh sogar noch, was sie eigentlich gestern wichtiges gesehen haben.

Auf dem Weg ins Schlafzimmer kitzelt Alex irgendetwas seitlich zwischen Hüfte und Bauch. Mit einem Fingernagel kratzt er die Stelle und merkt dass er irgendetwas Kleines, Hartes, gelöst und entfernt hat. Zurück bleibt nur eine kleiner, roter Punkt mit einer kleinen Schwellung. Berti nimmt die grosse Lupe und entdeckt damit in der Schwellung, tief in der Haut einen kleinen schwarzen Punkt. „Du, das ist der Rest einer Zecke, du hast mit deinem Kratzen den Leib des Viechs weggemacht, aber der Kopf steckt noch tief drin. Du musst morgen unbedingt zum Arzt, vielleicht hast du eine Impfung nötig". Die beiden haben das Schlafzimmer erreicht, steigen ins Bett und mit einem leisen „Schlaf gut" sind die beiden schon im Land der Träume.

Am andern Morgen macht sich Alex auf den Weg zum Arzt. Er ist der erste Patient und sein Problem wird sofort untersucht und der

Verdacht auf einen Zeckenbiss wird bestätigt. „Also packen wir das Problem, versuchen wir den Kopf ohne allzu grosse Probleme zu entfernen." Mit einer spitzen Pinzette versucht der Arzt den Zeckenkopf tief unter der Haut zu erfassen. Immer wieder fragt er „geht`s, tut`s weh?" Schliesslich gelingt es dem Doktor den Kopf zu packen und mit erträglichen Schmerzen aus der Haut zu holen. Mit der Desinfektion und einem kleinen Pflaster wird die Operation beendet. Danach erhält Alex die Zeckenimpfung um allfällige, spätere Komplikationen zu vermeiden.

Alex wird in der nächsten Zeit seinen Hund vermehrt nach möglichen Zecken im Fell absuchen. Er kann sich nicht vorstellen, wie er sonst zu diesem gefährlichen Schmarotzer gelangt sein konnte.

Das Altersheim

Das grosse, moderne Betongebäude wurde vor ein paar Jahren ausserhalb des Dorfes, nach den neuesten Erkenntnissen gebaut. Man glaubte damals, alte Menschen brauchten nur Ruhe, das pulsierende Leben mit Lärm und Verkehr sollte möglichst von den Bewohnern ferngehalten werden. Die einzige nicht organisierte Abwechslung im täglichen Ablauf bot nur das kleine, gemütliche Restaurant mit dem Aufenthaltsraum. Zum Heim selber gehört ein riesengrosser Umschwung welcher zum Teil von der nahen Landwirtschaft genutzt wird. Ein Hund, zwei Katzen und ein kleiner Privatzoo mit einer Voliere erfreuen die Insassen des Altersheimes. Füttern der Tiere ist streng verboten, streicheln und kraulen dagegen ist erlaubt und sogar erwünscht. Drei Ponys, sechs Zwergziegen, fünf hell- und dunkelbraune Alpacas aus Peru, sowie einige halbwilde Kaninchen beleben den kleinen Streichelzoo und bieten so den alten Leuten eine willkommene Abwechslung. Zwei grosse Ara-Papageien mit einem wunderschönen, bunten Federkleid machen sich ab und zu mit einer krächzenden Stimme bemerkbar. Der kleine schwarze Beo ist nicht grösser als eine Amsel, macht aber viel mehr Lärm. Dieser lustige Vogel ahmt oft die Worte der Besucher nach. Wenn er gut drauf ist unterhält er sich gerne und gibt scheinbar den Besuchern Antwort. Die westliche Seite des Areals grenzt an das Weideland des nahen Bauerhofs. Der Glockenton der weidenden Kälber und Kühe unterstreicht die Landschaft und bietet ebenfalls eine willkommene Abwechslung.

Leider haben sich damals die Architekten und die andern Planer eines Altersheims scheinbar nie mit den Bewohnern oder besser mit den Gästen einer Altersresidenz unterhalten, sonst hätten sie sicher festgestellt, dass dort die Wünsche und Bedürfnisse ganz unterschiedlich sind. Die einen möchten die Ruhe haben, andere möchten einen Jass klopfen, ein Buch oder die Zeitung lesen, fern sehen, oder einfach noch ein wenig am Leben teilhaben. Diese Wünsche sind eigentlich leicht zu erfüllen. Wenn man nicht immer die gleichen Köpfe sehen will, geht man halt ein wenig ins Dorf wo sich das Leben abspielt und ist damit schon in einer andern Welt. Dort im Café oder in einer Beiz trifft man ziemlich sicher alte Bekannte Kollegen und Freunde. Wenn aber das Altersheim, weit weg vom Dorf, an einem ruhigen Platz gebaut wurde, sind die Bewohner total isoliert, denn die wenigsten können einen langen Weg ohne fremde Hilfe, mit oder ohne Rollator, zurücklegen.

Heute, zwanzig Jahre nach dem Neubau für die Alten, steht dieser mitten in einer modernen Wohnblocksiedlung. Alle Bauten der Siedlung sind fantasielos im gleichen Stil und in langweilig grauen Farbtönen gehalten wie das wenig entfernte Altersheim. Die Bewohner dieser modernen Wohnsiedlung müssen sich genau an die Vorschriften der Verwaltung halten. Die einzigen erlaubten Farbtupfer sind die grünen Topfpflanzen auf den Balkonen. Blütenpflanzen sind dort nicht gern gesehen, oder meistens sogar verboten, denn die abfallenden Blüten von Petunien und Geranien könnten ja dem Beton einige vorübergehende Farbflecken verpassen oder den Mieter im Stockwerk darunter ärgern. Die Bewohner dieser Blocksiedlung sind gezwungen motorisiert an den Arbeitsplatz zu gelangen, denn es gibt noch keine Busverbindung. Man lebt dort ziemlich anonym, den Namen des Nachbars kennt man nur dank dem kleinen Namensschildchen neben dem Drücker der Wohnungsglocke. Ziemlich sicher kann man den fremden Namen schon gar nicht aussprechen. Jeder Bewohner wohnt in einer andern Welt und dadurch sind manchmal Konflikte nicht auszuschliessen. Aber die oft mit oder ohne Blaulicht heranfahrenden buntlackierten Autos der Polizei bieten schliesslich im eintönigen Leben eine willkommene Abwechslung.

Seit einigen Jahren ist dem Altersheim eine Abteilung für stark demente Insassen angegliedert. Es sind meist ältere Personen, die schon seit einigen Jahren von dieser Krankheit betroffen sind. Das Unheimliche daran ist der Verlauf. Langsam, schleichend, fast unmerklich, aber nie genau gleich, verändert sich das Verhalten dieser Menschen. Die betroffenen Patienten merken ziemlich sicher nichts davon, deshalb sagt man, es sei eigentlich die Krankheit der Angehörigen, denn diese leiden darunter am meisten. In dieser Abteilung leben momentan elf Personen, die mehr oder weniger von dieser unheimlichen Krankheit betroffen sind und deshalb von Pflegerinnen und Pflegern mit bemerkenswert grosser Geduld rund um die Uhr betreut werden müssen.

Am Fenster des Aufenthaltsraumes sitzt die Anna, eine alte Bekannte. Früher war die ehemalige Chefsekretärin eine sportliche, attraktive Frau. Auf den ersten Blick wirkt sie jetzt körperlich gesund und alles scheint ganz normal zu sein. Aber sie ist eine sehr alte Frau geworden, die hier am Fenster im Rollstuhl sitzend, mit vifen Blicken alles kontrolliert. Nichts, aber auch keine Bewegung der Insassen in diesem Raum entgeht ihr. Scheinbar funktioniert aber doch nicht mehr alles wie einst, denn sie spricht mit keinem Menschen. Es ist nicht ganz klar warum, aber entweder will sie sich nicht unterhalten oder sie kann es einfach nicht mehr. Heute hat sie sicher mehr als neunzig Jahre auf dem Buckel und kann sich nur noch im Rollstuhl bewegen.

Eine elegant gekleidete Frau macht sich am Geschirrschrank zu schaffen. Eine Pflegerin bemerkt das und ruft "He Frieda, aber nicht schon wieder alle Tassen und Teller ausräumen, lassen sie diese doch im Schrank. Sie haben ja erst Kaffee getrunken!" Die betroffene Person reagiert nicht, vielleicht hat sie die Reklamation auch gar nicht gehört, denn sie macht fleissig weiter und räumt das Geschirr aus dem Schrank. Die Pflegerin kommt dazu und bittet Frieda, doch alles wieder in den Schrank zu räumen, denn das Nachtessen werde erst in zwei Stunden serviert und vorher werde das Geschirr nicht benötigt. Die Frieda räumt wirklich schön langsam und sorgfältig das Geschirr wieder weg und macht die Türe zu. Dann macht sie ein paar Schritte in den Aufenthaltsraum, dreht sich um, geht zurück und das Ausräumen geht von Neuem los. Liebevoll kommt die Pflegerin zurück und bittet die Patientin aufs Neue, alles wieder weg zu räumen. Ich bewundere die grosse Geduld, die diese Pflegerinnen dauernd aufbringen. Hinten, in einer Ecke des Raumes, sitzt ein alter, schlanker Mann am runden Tisch. Vornüber gebeugt leiert er seit bald zwei Stunden ein "Vaterunser" nach dem anderen herunter. Niemand hört ihm zu, keiner nimmt ihm das Geleier übel. Auf einem antiken, in der andern Ecke des Raumes plazierten Sofa, machen es sich je ein Mann und eine Frau bequem. Vom Fussballmatch, der eben im Fernsehen übertragen wird, lassen sie sich nicht stören. Es scheint, als würden sie schlafen, aber sie sind irgendwie im Halbschlaf, sie hören, was rundherum passiert, scheinen aber keine Notiz zu nehmen. Eine kleine Frau geht mit schnellen Schritten im grossen Aufenthaltsraum den Wänden entlang, immer rundherum, dabei schüttelt sie dauernd den Kopf und murmelt undeutliche Worte. Wenn ich mir überlege, was in diesem Kopf vorgeht, oder was bei dieser dauernden Schüttlerei im Gehirn eines gesunden Menschen passiert, bekomme ich beinahe Kopfschmerzen.

Am grossen Tisch mitten im Raum sitzen sechs Frauen. Auf den ersten Blick scheint alles nach einem gemütlichen Kaffeekränzchen auszusehen. Eines fällt mir auf, alle die kranken Leute machen einen sehr gepflegten Eindruck, sie sind durchwegs gut aber bequem bekleidet. An diesem Tisch wird selten ein Wort geredet, eine Diskussion scheint selten möglich zu sein. Die Frau im gestrickten rotgelben Pullover strickt kleine viereckige Stücke. "Es gibt dann vielleicht zuletzt eine Decke", meint sie. Die Frau daneben hat eine für Frauen unnatürlich tiefe Stimme. Wenn sie ein Wort sagen will, tönt es fast, als würde sie knurren. Die jüngere Frau in der Mitte des Tisches steht auf, nimmt aus der Tasche ihres Adidas Trainers ein Papiertaschentuch und poliert damit die Tischplatte. Dies wäre sicher nicht nötig, denn der Tisch ist blitzsauber. Aber sie gibt nicht auf, fährt mit den Fingern über die Tischplatte und poliert dann weiter. Es scheint, als wolle sie den Belag wegpolieren. „Aber Frau Ritter, warum polieren sie die Tischplatte? sie ist doch blitzsauber denn sie haben sie doch soeben geputzt und poliert". Die Angesprochene hält inne, studiert längere Zeit, sie scheint nachzudenken, dann poliert sie ohne zu antworten weiter.

Am Ende des Tisches sitzt eine sehr adrett gekleidete ältere Dame. Sie sagt kein Wort, steht nur alle paar Minuten auf, geht mit schnellen Schrittchen den Wänden entlang rund um den Raum und setzt sich dann wieder an den Tisch. Für die Besucher der Patienten dieser Abteilung ist es fast nicht möglich zu begreifen, warum die Insassen dieser Abteilung, Männer wie Frauen, plötzlich aufstehen und dann grundlos mit schnellen Schritten im Zimmer herumgehen und eine oder zwei Runden drehen und sich dann wieder hinsetzen. Der Vergleich, der Gedanke, der Alex durch den Kopf geht, ist nicht angebracht, aber alles erinnert ihn an den Löwenkäfig, den er vor bald siebzig Jahren im alten Basler Zoo besuchte. Dort gingen die grossen Katzen von einem Ende des Käfigs zum andern, wendeten und gingen wieder zurück. Genauso gehen die Insassen, die ihre Beine noch bewegen können, in diesem Raum umher. Sie sind immer in Bewegung, ihr Blick ist auf den Boden gerichtet, es geht immer rundherum, dann setzen sie sich wieder in einen Lehnstuhl oder an einen Tisch um sich auszuruhen. Aber die die alten, dementen Leute wissen wahrscheinlich nach ein paar Minuten Ruhe nicht mehr, dass sie soeben von ihrem "Spaziergang" zurück gekommen sind, sie erheben sich aufs Neue und der Marsch geht wieder los. Man kann es nicht glauben, alle diese Menschen waren früher gesunde, lebensfrohe Leute aus allen Schichten. Heute leben diese Körper nach ganz eigenen, für sogenannte normale Menschen, unverständlichen Gesetzen.

Beim Besuch der bald hundertjährigen Bekannten im städtischen Altersheim treffen wir auf einen auffallenden Kontrast. Louise, eine ehemalige Berufskollegin, lebt in einem anderen, in der nahen Stadt gelegenen Altersheim. Hier, in diesen drei aneinandergebauten Betonkomplexen, wohnen scheinbar keine stark dementen Leute. Viele sind sogar, nach meiner Ansicht, noch längst nicht einmal reif fürs Altersheim. Sie könnten sicher noch in einer eigenen Wohnung leben. Möglicherweise leisten sich aber hier gewisse Leute einfach einen geruhsamen, problemlosen Lebensabend. Sie sitzen im Café, spielen Karten, lesen Bücher oder diskutieren miteinander. Bei schönem Wetter dagegen machen sie Ausflüge, spazieren oder sitzen im riesigen Park. Das grosse, teilweise mit Lilien und roten Seerosen bewachsene Biotop mit den drei Schwänen, den vielen Enten und den Schwärmen von Goldfischen bietet eine wunderschöne Abwechslung. Stundenlang kann man dort in der Nähe auf einer bequemen Bank sitzen, die Natur geniessen und träumen. Haustiere, wie Hunde, Katzen oder Wellensittiche sind hier nicht erlaubt, denn im Hause geht es verdammt steril zu. Am Anfang jeden Korridors mit den vielen Zimmereingängen hängt eine mechanische Sprühvorrichtung zum Desinfizieren der Hände. So wird jeder Besucher daran erinnert, beim Kommen und beim Gehen, seine eventuell an den Händen haftenden, möglichen Krankheitserreger zu vernichten. Moralisch ist er verpflichtet, schnell mit der einen Hand auf den Knopf zu drücken und mit der anderen den versprühten Nebel aufzufangen. Dann ein kurzes Händereiben und die eventuell vorhandenen Bakterien sind dann fast zu hundert Prozent vernichtet. Alles sieht so schrecklich sauber und steril aus. Aber alles ist doch nur eine Alibiübung, denn wenn der Besucher kommt, desinfiziert er nach Vorschrift seine Hände. Aber seine Haare, sein Gesicht, seine Kleider und die Schuhe, kurz alles ist mit Bakterien übersät. Wenn er dann geht, hat er wohl seine Hände desinfiziert, aber die alten Bakterien in seinen Kleidern und die neuen aus dem Zimmer nimmt er mit, geht damit in seinen BMW, greift ins Lenkrad oder in die Sicherheits-gurte und schon sind alle guten und schlechten Bakterien in sei-nem Wagen verteilt. Im nächsten Migros oder einem andern Grossverteiler wird noch schnell eingekauft. Besucher mit afrika-nischen, asiatischen oder mediterranen Bakterien lassen diese im-portierten oder einheimischen Krankheitserreger zum Teil an den von ihnen mit blossen Händen berührten Früchten oder andern Produkten zurück. Der nächste Kunde, er ist braungebrannt und war möglicherweise gestern noch im Kongo, interessiert sich für Früchte, nimmt einen Pfirsich in die Hand, dreht diesen kritisch, entdeckt einen Fleck und legt ihn dann wieder zurück. Wenn er noch Ferien-Bakterien an der Hand hatte, sind diese jetzt mit dem Pfirsich sicher zum Teil in der Auslage und der nächste Kunde kauft dann das infizierte Produkt. Um möglichst alle möglichen Ansteckungen zu vermeiden, müssten wir uns eigentlich täglich ein paar Mal duschen und total desinfizieren wie damals die Rent-ner in der automatischen Waschanlage in der grossartigen „Karl

Kühnes Gassenschau". Noch heute, nach mehr als zehn Jahren, sieht Alex jene Rentner die nackt am Haken hingen und so durch die Waschanlage gezogen wurden. Es sah genau so aus als würde ein Auto in der Waschanlage mit Schaum und Druck abgesprüht. Es ist also absolut unmöglich keine Krankheitserreger ins Spital zu bringen, aber ganz sicher können solche vom Spital nach Hause mitgenommen werden. Man kann mit den empfohlenen Massnahmen höchstens eine Ansteckung ein wenig mindern aber niemals verhindern.

Alex und Berti möchten jetzt noch ihre alte Bekannte, die Louise besuchen. Sie wohnt in einem angrenzenden, älteren Gebäude. Sie erkundigen sich an der Rezeption nach Louises Zimmernummer. Das gesamte Personal, auch die am Schalter sitzende ältere Dame und die umher flitzenden Pfleger sind alle sehr freundlich und hilfsbereit. Der Weg zu Louises Zimmer wird uns beschrieben. Zugleich werden wir darauf aufmerksam gemacht, dass Louise möglicherweise auf einem Spaziergang irgendwo im Park sei, aber wir sollten am besten zuerst im Zimmer nachsehen. Also rein in den Lift, fünfter Stock, Gang links, um die Ecke Zimmer Nummer 16. Wir öffnen die Türe und sind überrascht. Louise ist wirklich nicht da und so können wir uns ungeniert im Zimmer umsehen. An der Wand, neben der Türe steht ein Spitalbett mit allen Schikanen. Alles ist elektrisch und durch Knöpfe steuerbar, sogar die Aufstehhilfe über dem Bett. Am Fussende des Bettes steht ein kleines Büchergestell, gefüllte mit einigen Büchern und Souvenirs. Der Platz bis zum Fenster wird durch ein kleines Louis-Quince-Tischchen mit zwei dazu passenden Sesseln ausgefüllt. Dies ist ganz Louises Geschmack, super, schön! Auf der linken Seite befindet sich die Türe, die ins Bad und WC führt. die Wand bis zum Fenster wird durch Bilder und alte Fotos verziert. Mehr hat nicht Platz. Aber das schönste ist die Aussicht. Hoch über die Dächer hinweg ist der Blick frei auf die Altstadt. Unten wird die Sicht auf den Park und den Teich frei. Alles in allem ist alles einfach schön und richtig gemütlich.

Dann erscheint plötzlich die gesuchte Louise. Sie öffnet mit einem Schwung die Türe, zuerst wird der Rollator sichtbar, dann kommt die alte, schmächtige aber gepflegte Frau ins Zimmer. "Äh ist das schön, euch wieder einmal zu sehen! es ist nur verdammt blöd, ich weiss nämlich gar nicht wer ihr seid, wie ihr heisst und was ihr hier wollt!" Alex und Berti nehmen es leicht, sie lachen und erzählen von früher, sie erzählen von Dingen, die sie vor langer Zeit zusammen erlebt haben. Zusammen verbringen sie eine gemütliche Stunde. Dann verabschieden sie sich wieder und das geht sehr schnell, denn Louise scheint sie schon nicht mehr zu kennen und hat sicher ihre Namen vergessen. Demenz scheint für die betroffenen Patienten gar nicht störend wahrgenommen zu werden, denn sie haben den grossen Vorteil Unangenehmes schnell vergessen zu können. Es ist eine Fähigkeit, die wir sogenannten „Normalen" oder „Gesunden" nicht haben.

Mit 66 Jahren fängt das Leben an

Mit 66 fängt das Leben ab sang einst der grosse Schlagersänger Udo Jürgens. Sein Song, eine wunderschöne Melodie und ein guter Text, wurde ein Hit. Scheinbar hat er mit seinem Schlager ins Schwarze getroffen, damit hat er sicher viele ältere Menschen aufgerüttelt und ihnen wieder Mut gemacht. Mit den Worten seines Songs wollte er sich und dem Rest der Welt zeigen, dass das Leben auch noch im späteren Alter lebenswert sein kann. Falls alles stimmt, das heisst, wenn die Gesundheit, das Umfeld und die Perspektiven stimmen, ist ja alles bestens, dann lässt das Leben keine Wünsche offen und Udo Jürgens hat zu 100 % recht. Wie kam eigentlich Udo Jürgens zu der Feststellung, dass das Leben erst mit 66 Jahren anfängt? Hat er vielleicht vorher zu wenig intensiv gelebt? was hat er vorher gemacht, was hat er vorher erlebt? Jetzt besingt er in seinem Schlager das Rentneralter ab 66 Jahren. Er träumt von all den Dingen, die er jetzt noch unternehmen will. Einen Lederdress und das Motorrad dazu wird er dann als Rentner kaufen, San Franzisco will er besuchen, im Stadtpark wird er Gitarre spielen und Lieder singen. Für alle diese Dinge hatte er wahrscheinlich vorher keine Zeit, aber dann, wenn diese Zeit gekommen ist, wird er den Bauch einziehen und alles nachholen. Er singt seinen Schlager nicht auf englisch sondern auf deutsch und macht den älteren Menschen in einer verständlichen Sprache Mut. Er gibt ihnen den Rat, sich keine Sorgen zu machen und sich statt dessen auf diese Zeit nach den 66 Jahren zu freuen.

Zu diesen Personen mit Freude am Leben im Alter gehörte auch Johannes Heesters. Mit 95 Jahren sang er seinen Hit „Ich werde 100 Jahre alt". Als er 2003 dann 100 Jahre war, verkündete er laut, er wolle mindestens 110 Jahre alt werden. Fast wäre ihm dies gelungen, aber starb dann mit 108 Jahren.

Gegen diesen Wunsch uralt zu werden spricht aber die Zunahme von Demenz-Erkrankungen. Ich erinnere mich an frühere Zeiten, eben an jene sogenannte gute alte Zeit, an jene Zeit ohne Internet, ohne Handy, ohne Kriminalität, ohne Überfremdung, ohne Umweltprobleme. Damals kannte man das Wort "Demenz" nicht, damals kamen ab und zu ältere Leute "an Kinderstatt". Das heisst, sie benahmen sich manchmal wie kleine Kinder, schissen in die Hosen, pissten ins Bett, versuchten auf unmögliche Art und Weise mit "Zwängereien" ihren Willen durchzusetzen. Ihr Gehirn setzte scheinbar langsam aus, sie erkannten manchmal nicht einmal mehr ihre eigenen Kinder. Solche Menschen mussten dauernd gepflegt werden, das war oft zu Hause nicht möglich, also verbrachten sie den Rest ihres Lebens in einem Heim oder eben in der "Klappsmühle".

Altersheime gab es damals sehr wenige, die alten Menschen wohnten bei ihren Angehörigen. Die Bauern wohnten bis sie starben im „Stöckli". Das war ein kleines Haus gleich neben dem Bauernhof. Im Stöckli konnten sie ihr gewohntes Leben so lange es nur irgendwie ging weiterleben, ohne jemandem zur Last zu fallen. Im Gegenteil, bei Bedarf halfen sie im Stall und auf dem Feld. Damals herrschten ganz andere Mentalitäten als heute. Alte Menschen wurden damals nicht durch die hohen Aufenthaltskosten in den Altersheimen zum Sozialfall. Weil aber heute die Bauern und auch andere selbstständige Betriebe zu einem grossen Teil digitalisiert funktionieren, haben dort die Alten, auch wenn sie noch so fit und arbeitsfreudig wären, gar nichts mehr zu suchen. Sie wurden von der Zeit überholt.

War es einmal eine gute alte Zeit?

Die Menschen starben vor den beiden Weltkriegen an einem Herzschlag oder an der Schwindsucht. Krebs war damals kaum bekannt, weil er wahrscheinlich gar nicht bemerkt und diagnostiziert wurde. Möglicherweise ging die Krankheit auch unter den Sammelbegriff "Schwindsucht". In diese Krankheit wurden fast alle noch wenig bekannten Krankheiten eingeordnet. Der Herzinfarkt konnte damals noch nicht behandelt werden. Die Diagnose lautete dann einfach „Tod durch Herzschlag". In jener Zeit mussten nur kleine Krankenkassenprämien bezahlt werden, die Spitäler hatten wenig technisch aufwendige Geräte. Nebst Blutdruckmessgeräten und den aus Quecksilber gefertigten Fieberthermometern war im besten Fall ein Röntgenapparat vorhanden. Die schädliche Wirkung der Röntgenstrahlen war damals kaum bekannt. So stand doch in einem grossen Schuhgeschäft ein komischer Holzkasten. Durch ein Kabel war er mit einer Steckdose verbunden und mit einem Schalter konnte das Ungetüm mit dem lauten Geräusch des Ventilators in Betrieb gesetzt werden. Unten wurden die Füsse mit den neuen Schuhen in ein grosses Loch gesteckt und oben konnte man durch ein Guckloch den Fuss und die Zehen mit dem hellen Fleisch und den schwarzen Knochen in den Schuhen sehen und feststellen, ob diese neuen Schuhe zu gross oder zu klein waren. Für die Kinder war dies ein Grund, möglichst viele Schuhe zu probieren, um die eigenen Knochen in den Schuhen zu bewundern. Die schädlichen, kaum abgeschirmten Röntgenstrahlen durchdrangen nicht nur ihre Füsse, sie waren sicher im ganzen Schuhladen wirksam. Vor der schädlichen Strahlung hat niemand gewarnt. Trotzdem wurden dann bald darauf überall die Röntgenkisten entfernt und entsorgt.

In jener Zeit wurden moderne Armbanduhren und Wecker mit nachts leuchtenden Radium-Ziffern und Zeigern ausgestattet. Diese Dinger strahlten also jahrelang am Handgelenk oder auf dem Nachttisch neben dem Bett, Auch hier wurde scheinbar kein Schaden angerrichtet. Etwa vierzig Jahre später hatte Alex die Gelegenheit, mit einem Geigerzähler seine Wohnung auszumessen. Alle Räume kontrollierte er genau und der Geigerzähler tickte in fast allen Zimmern schön langsam und gleichmässig, das heisst, es war keine Strahlung vorhanden. In der Nähe der Besenkammer, also dort wo auch die Wasch- und Putzmittel gelagert sind, ging die Tickerei aber los. Waschmittel waren also damals leicht radioaktiv. Aber damals stand doch auf keiner Packung, man sollte wenn möglich diese nicht in der Nähe von Wohnräumen lagern. Das wäre ja das Ende der saubersten und weissesten Wäsche gewesen! Zuletzt betrat er mit dem Gerät das Schlafzimmer. Dort aber ging es dann los, der Zähler knatterte beim Betreten des Zimmers wie ein Maschinengewehr, beim Nachttischchen auf seiner Seite wurden die Töne immer schneller und lauter. Er öffnete jede Schublade und kontrollierte sie. In der untersten fand er dann einen wunderschönen, in einem vergoldeten Rahmen steckenden, alten Wecker. Vor vielen Jahren bekam er zur Konfirmation den uralten, mit einem Acht-Tage-Laufwerk versehenen Wecker. Seine grossen, grün leuchtenden Zahlen strahlten nach fast einem Jahrhundert noch immer hell wie damals. Neben diesem mörderischen Gerät hatte Alex also mehr als sechzig Jahre jede Nacht, ohne schädliche Folgen verbracht und sogar meistens sehr gut geschlafen.

Scheinbar ähnlich falsch wurden vor vielen Jahren die schädlichen Folgen von Asbest beurteilt. Jeder Elektriker, und davon gab es sicher Tausende, schnitt mit einer Schere Asbestblätter zurecht, um diese unter die Steckdosen und Schalter zu montieren. Beim Zuschneiden entstand allerding kein gefährlicher Staub, der eingeatmet werden konnte, deshalb entstanden keine Folgen. Es ging darum, Holzwände oder andere brennbare Materialien sicher vor eventuell erhitzten oder Funken schlagenden Kontakten hinter Steckdosen oder Schaltern zu schützen und dadurch Brände zu verhüten. Gärtner arbeiteten vor dem Asbest-Verbot mit Blumenkistchen und Blumentöpfen aus Eternit. Dieses bestand damals wiederum aus einer Asbestmischung. Auto- und Velobremsen bestanden zu einem grossen Anteil Asbest, denn dies war damals der beste Rohstoff für diese Geräte. So stellt sich folgende Frage: Warum erkrankten damals eigentlich nicht mehr Automechaniker, Velomechaniker, Gärtner, Elektriker, und Spengler? Nun, die Menschheit ist lernfähig. Heute ist Asbest verboten und durch modernere Rohstoffe abgelöst worden. Sehr viel hat sich seit damals zum Schutz des Menschen verändert.

Die heutige Zeit lässt sich nicht mit der guten alten Zeit vergleichen!

Sehr viel wurde zur Sicherheit unternommen. Vorschriften und Gesetze wurden der modernen Zeit angepasst.

Das Tragen von Schutzanzügen und Masken für heikle Arbeiten ist heute obligatorisch. Auf dem Bau trägt jeder Arbeiter seinen leuchtenden Schutzhelm. Wer auf einem Gerüst arbeitet ist mehrfach gesichert, es kann eigentlich nach menschlichem Ermessen nichts mehr passieren! Wer im Tiefbau oder an der Strasse arbeitet trägt heute leuchtende, sehr gut sichtbare Überkleider, und je nach Arbeit eine Schutzbrille oder eine Maske.

Autos und andere Motofahrzeuge fahren heute obligatorisch auch tagsüber mit Licht. In andern Ländern wie z.B. in England ist dies schon seit vielen Jahren üblich. Autolenker und Mitfahrer müssen Sicherheitsgurten tragen. Velofahrer und Fussgänger dagegen markieren ihre Anwesenheit selten oder nie. Eigentlich sollten sich genau diese Verkehrsteilnehmer immer gut sichtbar machen, vor allem bei Dunkelheit. Aber aus technischen oder aus Umweltschutz-Gründen unterlassen sie diese Vorsichtsmassnahme. Nachts sind oft dunkel gekleidete Jogger und Biker ohne Licht unterwegs. Digitale Lichter brauchen kaum Strom und dieser Schutz wäre aber wichtig für die Sicherheit dieser Menschen. Aber was solls, manchmal ist auch ein Gesetz keine Hilfe gegen Dummheit. Man ist ja gesetzlich geschützt, bei einem Unfall ist sowieso immer der Stärkere, also der Autolenker schuldig. Wieso soll man sich also überhaupt schützen, es ist ja viel weniger schmerzhaft und weniger schlimm, einen sogar tödlichen Unfall zu erleiden, wenn der andere schuldig ist!

Wenn jemand damals, in der Zeit um 1940-1945 ein Einfamilienhaus ohne Badezimmer baute musste er dafür etwa 16`000.-- abzüglich 4`000.-- also etwa 12`000.- hinblättern, dieser mutige Schritt wurde nämlich damals mit einer Subvention von 4`000.-- belohnt. Ein Badezimmer galt damals als Luxus, und wurde deshalb selten eingeplant. Wenn dieser Luxus trotzdem realisiert wurde, musste der Bauherr, quasi als Strafe, auf die Subvention von 4000.- Franken verzichten. Eine Waschküche war viel wertvoller, denn es war der einzige Ort im Haus wo man heisses Wasser für den alle vierzehn Tage stattfindenden Wäschetag zubereiten konnte. Boiler waren damals noch unbekannt.

Hygiene war einst sowieso nicht das Wichtigste im Leben. Es gab bis am Ende des zweiten Weltkrieges selten ein Haus mit einem Badezimmer. Ein Büezer brauchte sowieso kein Badezimmer, wozu auch? Wenn nötig gab es andere Möglichkeiten, denn im Gemeindehaus war ein Baderaum mit Dusche und Badewanne eingerichtet. Diese Institutionen konnten gegen eine kleine Gebühr benützt werden. Vor dem zwanzigsten Jahrhundert war ja in den Häusern meistens nicht einmal fliessendes Wasser vorhanden. Dafür stand vor dem Haus ein Brunnen mit frischem, kaltem und klarem Wasser. Dieser Brunnen wurde für alle möglichen Zwecke wie Baden, Wochenwäsche, Dusche, Zähneputzen, Morgentoilette etc. verwendet. Das WC war damals meistens ein Plumpsklo und dieses stand normalerweise diskret und geschützt in einem kleinen Holzhäuschen hinter dem Haus. Weil diese Scheisshäuschen kein Licht hatten, war meistens ein kleines Fenster in Form eines Herzens auf Augenhöhe ausgespart. Dieses kleine Herz spendete ein wenig Licht und man konnte bequem mit einem Blick durch dieses Fensterchen feststellen, ob schon jemand drin sass. Dieses ehemalige Gerät für hinterlistige Zwecke war nicht etwa eine weisse Porzellanschüssel sondern ein Holzbrett mit einem grossen Loch. Man setzte sich also auf dieses Loch, verrichtete die nötige Angelegenheit und diese fiel dann hinunter in ein sogenanntes Güllenloch. Dort versickerten die flüssigen Bestandteile und die festen, von den Fliegen noch nicht weggeputzten Reste wurden so alle Jahre einmal im Garten als Dünger verteilt. Die Bauernhäuser waren da mit dem Klosett besser bedient. Diese Klosetts waren gewöhnlich über einem riesigen Jaucheloch montiert und dieses wurde je nach Bedarf geleert und der Inhalt auf den Feldern verteilt. Kunststoff und Plastik gab es ja damals noch nicht und unbehandeltes Papier verrottete schnell und problemlos. Die Angelegenheit funktionierte hundertprozentig ökologisch.

Für die Körperhygiene und für die Wäsche gab es damals nur ein einziges Reinigungsmittel, die Kernseife. Dies war eigentlich praktisch, denn damals standen nicht wie heute dutzende von Reinigungs-Abwasch-und Toilettenmittel im Putzschrank. Oft wurden diese Waschmittel durch einen Hausierer vertrieben. Dieser betrieb möglicherweise seine Seifensiederei selber und konnte so seine beste Einheitsseife für Wäsche, Körper, Gesicht und Haare direkt an die Frau bringen. Waschen und Ordnung im Haushalt war damals die Domaine der Frau, der Mann hatte dazu meistens gar nichts zu sagen.

Während dem zweiten Weltkrieg konnten Lebensmittel und Kleider nur mit entsprechenden Bezugsmarken bezogen werden. Wenn die Socken löcherig wurden, nahm man ähnlich farbige Wolle und flickte diese damit. Lebensmittel wurden nur zu Festpreisen und gegen Abgabe der entsprechenden Marken in tausenden von kleineren und grösseren Läden verkauft. Die Hausfrau fragte sich damals nicht „wo gehe ich heute am günstigsten posten?" sondern

„habe ich noch Marken für Brot, Käse, Eier, Nüdeli, Wurst und Fleisch." Das Brot musste drei Tage lang von der Bäckerei gelagert worden sein, erst dann durfte es an die Kundschaft verkauft werden. Frische Gipfeli waren damals ein Luxus und solche feine Sachen wurden gar nicht mehr hergestellt. Die musste man notgedrungen selber backen. Es waren sehr harte Zeiten und sie lassen sich heute kaum mehr vorstellen.

Der Tabak aus Südamerika und vor allem der aus Brasilien war während dem Krieg sehr schwer erhältlich. Deshalb pflanzten die Schweizer Bauern einen sehr guten Tabak an. Man nannte dieses Gemüse verächtlich „Murtenchabis", denn das Hauptanbaugebiet war das Berner Seeland. Die Gegend um Sempach und um den oberen Hallwilersee war ebenfalls ein sehr gutes Anbaugebiet. Der Bund unterstützte diesen Anbau während und sogar noch nach dem Krieg mit Subventionen. Diese komische Schweizer Regierung zahlt heute noch Subventionen an den Anbau eines Produktes das sie eigentlich verbieten will.

In der Schweiz geht es fast zu wie in der EU. Irgendwo habe ich gelesen, dass vor einigen Jahren in Sizilien die Orangenernte so riesig war, dass man nicht wusste wohin damit. Dann kam der Befehl aus Brüssel: „mit Buldozern Löcher graben und die Orangen darin flach walzen!" Die Kosten dafür wurden ganz oder teilweise von der EU übernommen. Auf diese Art wurden die Preise der Orangen künstlich hoch gehalten, das nennt man, glaube ich, freie Marktwirtschaft. Ein kleiner Beitrag an eine Verbilligung und etwas Werbung für das Produkt hätte den Umsatz sicher gewaltig gesteigert und weniger Millionen verschlungen. So ähnlich ging es zu mit dem Tomatenanbau. Die alten guten Sorten aus der Toskana wurden vor der EU-Zeit in den verschiedenen Fabriken zu „Pelatis", Trockentomaten und Tomatenpuree verarbeitet. Diese Sorten mussten aber später durch die von der EU vorgeschriebenen Sorten ersetzt werden. Diese brachten grössere Erträge und überschwemmten die Fabriken, es wurde viel zu viel produziert. Die neuen Sorten mussten künstlich und reichlich bewässert werden, dadurch entstanden sogar Klimaveränderungen. Die Mückenplage in den Anbaugebietenwar auch so eine Folge dieser Kulturen. Der Überschuss der Ernte wurde auf EU-Befehl flachgewalzt und der Saft färbte zeitweise sogar das Meer! Die Diktatur hatte wieder einmal gesiegt. Es ist ja klar, jeder Bauer möchte so viel wie nur möglich aus seinem Land herausholen, denn auch der Landwirt muss leben und seinen Unterhalt verdienen. Es ist aber nicht jedermanns Sache das Geld auf Befehl, und auf eine vorgeschriebene Art und Weise zu generieren, wenn man zugleich feststellen muss, dass das Resultat nicht der gewohnten Qualität entspricht. Laut einer Fernsehreportage produzieren heute die Holländer die besseren und aromatischeren Tomaten als die Italiener, diese mussten deshalb zum Teil sogar den Tomatenanbau einstellen. Der Transport der Tomaten wird heute noch immer mit Lastwagen ausgeführt, aber statt aus Italien kommen sie jetzt aus Holland. Dafür produzieren die Italiener jetzt mehr Schnittblumen und transportieren diese Richtung Norden.

Der Handel an der Haustüre hatte riesige Vorteile:

Man benötigte für den täglichen Einkauf keinen BMW oder ähnliche Transportmittel. In jedem Geschäft waren die Preise für Markenartikel gesetzlich vorgeschrieben und deshalb überall genau gleich. Man musste damals nicht dauernd Preise vergleichen, es gab nur Werbung für das Produkt und seine Qualität, aber nicht für Preise, schon gar nicht mit den 20, 35 oder 42 % billigeren Aktionspreisen. Man benötigte deshalb auch keinen halben Tag um mit dem Auto den günstigsten Aktionen nachzufahren. Gern gesehen waren damals die fliegenden Händler, die mit dem Rucksack ausgerüsteten Hausierer. Diese gingen von Tür zu Tür, präsentierten ihr Sortiment, ein paar Worte wurden gewechselt und schon hatte der Kunde die Ware im Haus und der Händler das Geld im Sack.

Man konnte sich darauf verlassen, alle zwei Monate kam der kleine Mann in den abgetragenen Militärkleidern und läutete an der Haustüre. Es war das immer pfeifende kleine Appenzeller Schabziger-Mandli. Seit vielen Jahren verkauft es seine Appenzeller Spezialität aus dem Rucksack. So ein kleiner Schwatz mit dem originellen, immer fröhlichen und pfeifenden „Mandli" war für uns Kinder ein lustiges Erlebnis und an der Haustüre wurden dann ein paar Batzen gegen den feinen, stinkenden Ziger getauscht.

Wenn der Bäcker aus dem Nachbardorf mit Ross und Wagen durch unser Dorf fuhr, wusste er zum voraus, bei wem er aus Gewohnheit den kleinen „ruchen Pfünder" oder sogar einen Vierpfünder abgeben konnte. Wenn er an Wochenenden mehrere Stücke liefern konnte, klemmte er, was nicht in der Hand Platz fand, kurzerhand unter den Oberarm. An warmen Tagen war das wochenlang getragene Hemd des Bäckers stark verschwitzt, man sah und roch es sogar. Aber man war ja damals nicht so heikel wie heute, seine Brote waren trotzdem gut. Und während dem letzten Krieg durfte das Brot sowieso erst drei Tage nach dem Backen verkauft werden, so wurden Fremdgerüche nicht so schnell angenommen.

Alex erinnert sich noch an vieles

Am Haus einer alten Dorfbäckerei war einst ein Stall angebaut. Um den Ablauf zu erleichtern wurde damals in die Wand zwischen Stall und Bäckerei eine Türe eingebaut. Das war rationell, denn so konnte die frisch gemolkene Milch der Kuh schnell durch den Laden in die Backstube transportiert und dort frisch verarbeitet werden. Eines Tages verlangte ein alter Kunde einen „Ruchen Pfünder" und ein Kilo Mehl. Die Verkäuferin hatte Angst vor grossen Tieren und wollte deshalb den Stall nicht durchqueren. Um aber in den hinter dem Stall gelegenen Vorratsraum mit dem dort gelagerten Mehl zu gelangen musste sie durch den Stall und an der Kuh vorbeigehen. Deshalb erklärte sie dem Kunden, es tue ihr leid, aber sie könne jetzt kein Mehl holen, denn die Kuh sei am schlafen. Er solle doch bitte später noch einmal vorbeikommen.

Damals in der guten alten Zeit kannte man die heutige Zahnhygiene kaum. Zähneputzen war damals nicht unbedingt erforderlich. Man lebte einst ein wenig gesünder als heute, Zucker oder Schokolade wurden selten genossen, gekocht und gegessen wurde ebenfalls anders. Ab dem neunzehnten Jahrhundert kam je nach Lebensart schon mit zwanzig Jahren der Zahnarzt zum Zug. Zwischen den beiden Weltkriegen war es normal, die faulen Zähne durch den Zahnarzt entfernen und durch künstliche ersetzen zu lassen. So ein künstliches Gebiss war praktisch und scheinbar sogar gesund, denn viele Ärzte glaubten, dass Rheumaerkrankungen durch kranke Zähne ausgelöst wurden. Deshalb wurden sogar gesunde Zähne entfernt und durch ein künstliches Gebiss ersetzt um später ja nicht an Rheuma zu erkranken. Kranke oder durch Karies teilweise zerstörte Zähne verursachten Schmerzen und diese verschwanden automatisch mit dem Entfernen der eigenen Zähne. Kleine Löcher in einem sonst gesunden Zahn wurden damals durch Quecksilber-Amalgam geflickt. Mit viel Geld liess sich Alex vor Jahren das giftige Queck-silber entfernen und durch Kunststoff-Füllungen ersetzen. Welche Krankheiten später dieser Kunststoff auslösen kann wird sich erst in einigen Jahren zeigen, aber dies ist Alex heute scheissegal.

Aber diese Zahnärzte von damals waren nicht unbedingt die Aller-hellsten. Sie machten deshalb mit an einer allgemeinen Weiterbil-dung. So gab es einen Dorfzahnarzt, der besuchte ebenfalls solch einen Nachhilfekurs. Das Resultat zeigte sich dann bei mir und an-dern Leidensgenossen. Er entfernte vielen Halbwüchsigen vier ge-sunde, schneeweisse Zähne, damit später die Weisheitszähne besser Platz hätten. Dieser mit einem Doktortitel geschmückte Zahnarzt hat wahrscheinlich wie einige andere Doktoren, seinen Titel in Öster-reich gekauft. Zudem kann man gestorbene Menschen heute leider nicht mehr für Fehler haftbar machen.

Coiffeure haben im Mittelalter nebst Haare schneiden und rasieren auch den Beruf der Zahnärzte, oder besser gesagt, der Zähneausreis-ser ausgeführt. Der bequeme Stuhl mit Lehne war ja dort schon vor-handen. Zur Ausrüstung musste nur noch ein dünnes Seil und eine Flachzange angeschafft werden. Alles zusammen kostete auch nicht alle Welt. Also wurde der Patient nach einem guten Schnaps auf den Stuhl gesetzt, mit dem Seil wurden die Arme festgebunden. Der Zahnarzt kam dann mit der hinter dem Rücken versteckten Zange von hinten auf den Patienten zu, drückte seinen Kopf in die Kopf-stütze, packte mit der Zange den hoffentlich richtigen, kranken Zahn, ein Ruck und zugleich eine Drehung mit dem Folterinstru-ment und der Zahn war weg. Komplikationen gab es scheinbar nie, denn nach dem Zahnziehen wurde mit kräftigem Schnaps desinfi-ziert. Diese Prozedur wurde nicht allzu oft durchgeführt, denn Zäh-ne taten ihren Dienst etwa 40 bis 50 Jahre, und ein Menschenleben dauerte ja damals auch nicht länger!

Früher war vieles besser und vieles lief schräg – heute ebenfalls

Freizeit war einst ein Fremdwort. Je nach Beruf wurde die ganze Woche, also von Montagmorgen bis Samstagabend gearbeitet. Der Achtstundentag war noch nicht gesetzlich festgelegt, von einer Vierzigstundenwoche träumte noch niemand und Ferien konnte sich noch niemand leisten. Einzig der Sonntag war der sogenannte Ruhetag. Damals ging man jeden Sonntag in die Kirche. Wer nicht mitmachte musste laut Überlieferung mit einer Strafe oder mit einem Unglück rechnen. Damals durfte an Sonn- und Feiertagen kein lärmiger Sport betrieben werden, Kinder durften auf keinen Fall Ball spielen. Eine Krankenkasse gab es noch nicht, denn niemand konnte sich eine Krankheit leisten. Wenn krankheitshalber die Arbeit nicht geleistet werden konnte, gab es ganz einfach keinen Lohn. Wenn damals jemand von Schwangerschafts-Urlaub gesprochen hätte, wäre er in die Klappsmühle gesteckt worden. Die Frauen konnten auch nicht für billigere Tampons streiken und demonstrieren, denn die gabs damals noch nicht!

Lohn für geleistete Arbeit war damals den wenigen in der Industrie arbeitenden Menschen vorbehalten. Viele Leute im Dorf fristeten ihr Dasein am Webstuhl. Das Essen musste meistens nicht gekauft werden, denn es wuchs im eigenen Garten, gesund und ohne Kunstdünger und ohne chemische Schädlingsbekämpfungsmittel. Das Fleisch lieferte der Kaninchenstall. Ganz gut gestellt waren in jener Zeit die Bauern. Folgendes Beispiel ist überliefert: Ein Dorfschullehrer hatte einen bescheidenen Lohn, er musste sich und seine Familie mit 75.- Franken Lohn im Jahr durchbringen. Weil dies auch um 1800 fast nicht möglich war, war ein zweiter Beruf nötig, er war also zugleich Lehrer im Schulhaus und in der Freizeit Bauer zu Hause auf seinem kleinen Hof.

Blumensträusse für jede Gelegenheit holte man sich damals auf der nächsten Wiese. Dort wuchs nämlich damals nicht nur Klee und Löwenzahn. Unwahrscheinlich bunt leuchteten noch vor siebzig Jahren die Wiesen bis zum ersten Heuet. Die Milch duftete damals herrlich nach Milch, war nicht homogenisiert und pasteurisiert, deshalb rahmte sie auf. Für das Sonntags-Dessert hatte man auf diese Art den Schlagrahm unpasteurisiert und nach Rahm duftend zu Hause. Käse durfte einst sogar nach Käse duften. Damals gab es ja noch keine Kühlschränke, denn bis ungefähr 1900 war die Elektrizität auf dem Lande ein Fremdwort. Der kühlste Ort im Hause war damals der Keller. Dort wurde auch die Butter in einer mit Wasser gefüllten Schale aufbewahrt. Es wurde nicht alles künstlich haltbar gemacht und man wusste auch ohne aufgedrucktes Datum ob die Fressalien noch geniessbar waren oder nicht.

Langweilige Tannenwälder gab es damals selten. Die robusten Mischwälder waren die Normalität, die waren stabil und fielen nicht alle paar Jahre einem Sturm zum Opfer, sondern die Bäume wurden je nach Bedarf gefällt. Heute muss dies alles rationell, schnell und günstig geschehen, es muss rentieren. Durch das Fällen mit den schweren Maschinen wird der Boden verdichtet. Es entstehen grosse Lichtungen, die Brombeeren sind scheinbar noch die einzig wild wachsenden und nicht kultivierten Waldpflanzen. Neophyten, die importierten, also nicht zu uns gehörenden Pflanzen, Bäume und Büsche sind scheinbar durch den Menschen importiert und angepflanzt worden. Unser Klima passte dieser importierten Flora und Fauna sehr gut, deshalb müssen diese „Fremden" heute durch den Bundesrat stark eingeschränkt oder sogar verboten werden. Wenn aber jetzt die Schweizer Regierung in die Natur eingreift wird bestimmt alles gut, denn unter ihrer Obhut können ja keine Fehler passieren! Von allen Seiten wird in die Natur eingegriffen, alles was da geschieht wird reglementiert, geschützt oder verboten. Scheinbar ist noch nie jemand von der Regierung auf die Idee gekommen zu sein, die Natur wieder einmal natürlich sein zu lassen und dadurch Millionen von Geld zu sparen.

In stillgelegten Kies- oder Sandgruben gab es einst ein vielfältiges Leben. Meistens entstanden daraus die Trocken- oder Feuchtbiotope. Die trockenen Stellen waren von hunderten von Eidechsen und Schlangen bewohnt. In den hohen Sand- und Lehmwänden nisteten verschiedene Vogelarten in Höhlen in der Wand. In den Feuchtbiotopen waren viele Wasserpflanzen vom Schilf bis zu den Seerosen zu finden. Aber auch hier griffen die Menschen in die Natur ein. Trockenbiotope wurden zweckentfremdet, mit Lehm verdichtet und dann mit Trinkwasser aufgefüllt. Diese Art Biotope kosteten viel Geld und waren arbeitsintensiv, sie mussten gepflegt werden. Zu dichter Schilfwuchs musste korrigiert werden und das Wasser musste künstlich und aufwendig aufgefüllt werden. Wenn dann die grünen Initianten dieser Biotope wegzogen, vergammelten die Anlagen. Trockenanlagen hätten sich selbst erhalten, wären aber vielleicht weniger attraktiv gewesen.

Noch heute erinnere ich mich an ein Stück Mischwald, etwa 1 km lang und von einem Wildbach durchflossen. Dieser Bach hatte kein gerades Stück, nein er bestand nur aus Kurven und im Wasser lagen viele Steine in allen Grössen. Es war ein kleines Paradies für viele Tiere, wie Krebse und Forellen. Dann kam eines Tages der Kanton mit seinen Beamten auf die Idee, man könnte den Zivilschutz oder das Militär ein wenig beschäftigen. Die Männer könnten den Wildbach begradigen die Ufer mit gefällten Baumstämmen schützen und alles ein wenig zivilisierter gestalten. Wochenlang wurde dort mit Pickel, Schaufel und Säge gearbeitet. Das Resultat war unheimlich schön und gut, fast wie aus dem Bilderbuch. Man sah den gerade verlaufenden Bach von der Strasse aus, leider konnten sich die Tiere nicht mehr verstecken, denn jetzt war die Sicht frei. Das nächste Gewitter kam dann irgendeinmal und mit ihm das ungebremste Hochwasser. Das schnell fliessende Wasser wurde nicht mehr durch natürliche Treppen und Kurven beruhigt, nein jetzt floss der Bach, der früher nie einen Schaden verursachte, ungebremst und mit voller Kraft, trat über die Ufer und schwemmte Kulturland und Teile der nahen Strasse weg. Anwohner die nahe dem Waldstück wohnten, reklamierten und verlangten den Rückbau der vorgängigen teuren sogenannten „Sanierung". Nach langer Zeit wurden wieder Leute aufgeboten, und die mussten das Bachbett wieder renaturieren. Die Windungen konnten aber nicht mehr hergestellt werden, aber grosse, im Bach platzierte Steine, haben den Zweck ebenfalls erfüllt, der schnelle Lauf und damit die Wucht des Wassers wurden gebremst. Das Beispiel machte Schule. Viele Bäche und Flüsse wurden einst durch die Bauten der Biber gestaut, es bildeten sich sogar kleine Sümpfe und Teiche. Auch hier wirkten nach einiger Zeit intelligente Menschen, begradigten die Flüsse, gewannen damit Kulturland entwässerten dieses und pfuschten damit der Natur ins Werk. Jahre später ging das Gejammer los, die Artenvielfalt der Vögel werde immer kleiner weil sie hier nichts mehr zu fressen finden. Auch hier wurden mit viel Geld die Bäche und Flüsse aus beengenden Röhren befreit und freigelegt. Die Biber wurden wieder angesiedelt, Reiher und Störche sind wieder überall in der Natur anzutreffen weil in den neu geschaffenen Feuchtgebieten wieder genug Frösche leben. Die Pflanzen und Tiere kehren langsam wieder zurück. Kurz, mit viel Geld wurde etwas repariert, etwas das vor ein paar Jahren mit viel Geld durch die Intelligenz der Menschen zerstört wurde.

Um den Verkehr zwischen Laufenburg CH und Laufenburg Deutschland einfacher und vor allem flüssiger zu machen wurde eine neue Brücke über den Rhein geplant und gebaut. 2003 war Baubeginn, 2004 war der Bau realisiert. Aber es haben sich scheinbar zwei Fehler eingeschlichen. Deutschlands Berechnung basierte auf dem Amsterdamer Pegel, die Schweiz aber rechnete mit dem Mittelmeerpegel. Dieser Fehler, eine Differenz von 27 cm, wurde rechtzeitig entdeckt und korrigiert. Bei dieser Korrektur passierte der zweite Fehler: Statt einem Minuszeichen bei der Korrektur machte jemand daraus aber ein Pluszeichen. Daraus entstand nun die grosse Differenz von 54 cm. Schuld am Drama war die Schweiz mit ihrer Berechnung, aber es entstanden trotzdem keine Mehrkosten, denn die Haftpflichtversicherung des Architekturbüros bezahlte scheinbar den Fehler. Die völkerverbindende Rheinbrücke kostete 9.8 Millionen Franken.

Bei Abstimmungen war die Stimmabgabe obligatorisch, wer nicht mitmachte wurde gebüsst. Wer nicht lesen konnte, oder keine Meinung hatte, durfte den Stimmzettel leer in die Urne werfen, aber am Samstag-Nachmittag oder am Sonntag-Morgen musste man an der Urne erscheinen, oder dann unbedingt eine Busse von 3.—bis 5.— Franken zahlen, je nach Ortschaft. Vielleicht wirkte sich diese Bussenwirtschaft negativ auf das verhinderte Frauenstimmrecht aus? Aber eben, damals war die Abstimmung für den Schweizer etwas Wichtiges und vor allem wurde dann das Resultat von der Regierung akzeptiert und auch ausgeführt. Wenn die Mehrheit ein Nein in die Urne legte, war es ein Nein und wurde dann auch von der Gemeinde oder vom Staat entsprechend ausgeführt und nicht wie heute oft nach Wegen gesucht, das Resultat abzuschwächen und ein Nein zu einem Jein zu machen. Möglicherweise ist die Umsetzung des Resultates ein Grund für die heutige Stimm-Faulheit!

Seine Lehrzeit absolvierte Alex in den fünfziger Jahren. Um seinen Traumberuf zu erlernen suchte er in der halben Schweiz nach einem Ausbildungsplatz. In der Zentralschweiz fand er endlich die geeignete Bude. Sein zukünftiger Chef war jung und hatte sich ein knappes Jahr vorher selbstständig gemacht. Deshalb erinnerte er sich sicher ein seine Lehrzeit und seine damaligen Probleme und hatte dadurch viel Verständnis für alles was in den nächsten vier Jahren am Arbeitsplatz nicht ganz perfekt oder sogar schräg lief. Am Morgen früh stieg also Alex in die uralte Schmalspurbahn, und machte diese dreistündige Fahrt während vier Jahren jeden Tag. Meistens sass er an einem Fenster auf den harten Latten des komisch geformten Sitzes und büffelte in seinen Fachbüchern. Die alten „Texaswagen", so nannten die Studenten und Lehrlinge die zweiachsigen Rumpelkisten, waren kaum gefedert und machten einen unheimlichen Lärm. Wahrscheinlich stammten sie noch aus der Gründerzeit der Bahn. Wenn sich Alex mit den andern anwesenden Kollegen unterhalten wollte, musste er seine Stimmbänder arg strapazieren. Jede Anstrengung machte aber schon damals, genau wie noch heute, enorm durstig. Also passierte es dann oft, dass der eine oder andere eine Flasche Bier aus der Mappe nahm und diese im Vierer-Abteil kreisen liess. Während der langen Fahrt, mit den sehr kurzen Zwischenhalten, gab es leider danach keine Möglichkeit, das in der Blase gestaute Bier los zu werden. Die Jungs waren deshalb gezwungen, die hinteren Wagen bis ans Ende zu durchwandern, denn dort am Ende des Zuges konnten sie, wenn der Kondukteur vorne Billets mit seiner Lochzange durchlöcherte, ihr dringendes Geschäft erledigen. Sie mussten nur darauf achten, dass die Biese nicht stärker blies als der Fahrtwind, sonst wurde es für alle beteiligten feucht und unangenehm. Über den Türen waren nur die Schilder mit der Aufschrift „auf den Boden spuken verboten" an die Wand geschraubt, aber die Bemerkung „aus dem Wagen pissen verboten" haben sie nie gesichtet und gelesen.

Es gab nebst ein paar sehr netten Kondukteuren auch einen sehr arroganten Burschen. Wenn Alex und die andern Fahrgäste den Wagen mit einem „guten Morgen" betraten, schwieg der Uniformierte konsequent. Er benahm sich mürrisch, unfreundlich und beschäftigt, er erwiderte den Gruss nie. Die jungen Kerle sannen auf Rache und wollten ihm eins auswischen. Eines Tages, als der Zug auf der Heimfahrt an einer Haltestelle auf den in der Gegenrichtung fahrenden Zug warten musste, verliess Alex schnell den Wagen mit einer Flasche Bier in der Hand. In der Flasche war allerdings kein Bier, sondern Schmieröl und dieses wurde von ihm auf die Schienen und auf die Räder gegossen. Nach getaner „Arbeit" legte er die Flasche neben die Schienen und stieg wieder in den wartenden Zug. Der kreuzende Triebwagen kam dann bald und unser Gefährt hätte ebenfalls weiterfahren können wenn jemand die Geleise kontrolliert hätte. Aber auf diese Idee kam lange Zeit niemand und die gut geschmierte leichte Steigung konnten die rutschenden Antriebsräder nicht überwinden. Der Kondukteur hatte keine Wahl, er musste die Schienen mit alten Zeitungen und Putzlappen mühevoll reinigen und vom Öl befreien. Danach wurde feiner Sand auf die Schienen gestreut und nach längerer Zeit gelang die Anfahrt dann doch mit einigen Minuten Verspätung. Alex und seine Leidensgenossen hatten ihre Rache und bedankten sich bei der Endstation überaus freundlich für die Reinigung und die schnelle Fahrt in den Feierabend. Der Kondukteur verstand den Wink und ab diesem Tag erwiderte er freundlich den morgendlichen Gruss.

Die vierjährige Lehrzeit hat Alex mit Supernoten abgeschlossen, den gewählten und erlernten Beruf hat er bis zu seiner Pensionierung ausgeführt.

Alex hat sich heute wieder, wie schon oft, mit seinen Rentnerkollegen am Stammtisch getroffen. Es werden wie immer die neuesten Witze erzählt. Das Tagesgeschehen und das Mai-Wetter werden kritisiert, die Eisheiligen und die Schafskälte sind wie gewohnt auf den Tag genau eingetroffen, dafür war scheinbar der April viel zu warm. Jetzt im Juni läuft die Heizung Tag und Nacht. Viele werden trotzdem glauben, dass wir mitten im Klimawandel stecken. Die Amerikanischen Wetterforscher haben uns Europäern einen sehr heissen Sommer mit Temperaturen bis zu vierzig Grad vorausgesagt, aber abgerechnet wird dann erst Ende Dezember. Am Sonntag hat der Schweizer Fussball, trotz den im Ausland eingekauften und schnell eingebürgerten Spielern, wieder einmal verloren. Gewonnen haben eigentlich nur die Hooligens, aber denen soll das Handwerk laut Blick eines Tages doch noch gelegt werden. Seit langem hat Roger Federer wieder einmal verloren.

In der weiteren Diskussion dreht sich alles ums Auto.

Autofahrer sind seit jeher ganz spezielle Typen:

Es gibt die Berufsfahrer, die Könner. Zum allergrössten Teil sind sie die vorsichtigen Fahrzeugführer, und sind sich ihrer grossen Verantwortung bewusst, denn sie wissen, was ihre Maschinen alles anstellen können, wenn sie diese laufen lassen. Auf den Autobahnen finden sich aber ab und zu jene Lastwagenfahrer die das Gefühl haben, sie müssten nun den korrekt mit 80 kmh vor ihm fahrenden Laster mit 90 kmh überholen. Auf diese Art blockieren sie die Überhohlspur für lange Zeit und machen zugleich den sonst guten

Ruf der Chauffeure zur Sau! Wenn diese Schwachköpfe dann ihre gesetzlich vorgeschriebenen 15 Minuten dauernde Fahrpause nach zwei Stunden Fahrzeit einlegen, werden sie vom kurz vorher überholten Laster wieder überholt. Nach dem obligatorischen Halt wird sich vielleicht alles wiederholen.

Dann gibt es die Geniesser: Diese besitzen oft einen oder mehrere Oldtimer. Diese Fahrzeuge sind meistens überdurchschnittlich gut gepflegt und entsprechend gewartet. Diese Fahrer werden oft spöttisch als Sonntagsfahrer betitelt, weil sie ihre Oldies meist an Freitagen bei schönem Wetter geniessen. Normalerweise fahren sie nach Vorschrift, sie lassen sich nicht drängeln. Nebst den Oldtimern besitzen sie noch ganz normale Autos mit einem Automatikgetriebe und mit einem Tempomaten. Es sind jene Fahrer, die das Reisen auf die bequeme Art, mit der modernen Technik geniessen. Sie können sich dank dem Tempomaten auf den Verkehr konzentrieren und werden nicht dauernd durch den Blick auf den Tacho abgelenkt. Normal fühlen sich jene Fahrer, die, wenn die Höchstgeschwindigkeit mit 60 km markiert ist, mit 65 bis 70 km unterwegs sind. Sie finden, für die Polizei sollte diese Geschwindigkeitsübertretung noch tolerierbar sein, und falls doch eine Busse verhängt werden sollte, wäre diese ja noch bezahlbar. Sie verhalten sich eigentlich wie kleine Kinder, d.h. sie bewegen sich immer am Limit. Diese normalen Fahrer besitzen oft noch Fahrzeuge mit einem handgeschalteten Getriebe. Damit kann man ein wenig nach Rennfahrermanier fahren. Das heisst beim Schalten und vor dem lauten und rasanten Überholen gibt man Zwischengas, um so auf sich aufmerksam zu machen. Es gibt darunter sogar Spezialisten die mit viel Geld einen lauten und deshalb verbotenen Auspuff montieren lassen.

Dann gibt es jene mit den Riesenautos, jenen Fahrzeugen die nahezu ein Lasterformat haben. Wenn der Nachbar so ein Ungetüm fährt, muss man doch mit der gleichen Grösse mithalten oder noch besser, ein wenig zulegen. Es ist doch unterhaltend wenn eine Frau, oder ein Mann in der Tiefgarage eines Grossverteilers seine Kiste parkieren möchte. Dreimal vorwärts, dreimal rückwärts, dann aussteigen, ein kritischer Blick, der Wagen ragt noch immer gut einen halben Meter in den nächsten Parkplatz. Aber dieser Zustand lässt sich dank der Breite des Fahrzeugs nicht ändern. Jetzt nur noch 45 cm mehr vorwärts, dann stimmt es nahezu, Mit einem „Topolino" oder mit einem „Deux-chevaux" oder sogar schon mit einem „Normalen" wäre dies kein Problem, aber mit sowas darf man sich doch nicht mehr zeigen, so tief lässt man sein Ego nicht sinken. Im Radio wurde gemeldet, dass laut Statistik jedes zweite Auto geliest wird, das heisst auf Kredit gekauft wird. Wären nur die bezahlten Fahrzeuge unterwegs, würden wir nie mehr im Stau stecken!

Jedes europäische Land zeigt Vorlieben für gewisse Automarken. Die Türkei fährt mit Vorliebe im Mercedes, Balkanländer lieben Den BMW und den Audi, die Italiener haben den Fiat wieder entdeckt und die Franzosen lieben ihren Citroen oder Renault. Die Deutschen haben ebenfalls ihre drei Supermarken. Diese Autohersteller müssen riesige Summen Geld verdienen, sonst könnten sie nicht milliardenschwere Bussen für falsch programmierte Geräte bezahlen. Jahrelang fuhren verschiedene „Saubermänner" oder eben vermeintlich saubere Autos durch die Welt und kein Mensch, nicht einmal die Direktoren der betroffenen Firmen haben scheinbar etwas von diesem „Bschiss" gewusst!

Auch das Verhalten der Fahrer aus Europa ist total verschieden, die einen verlassen den Wagen, knallen die Türe zu und gehen, die andern kontrollieren noch ob die automatische Verriegelung funktionierte, dann gibt es noch die dritte Version: Wenn eine Autotüre geöffnet wird, hört man zuerst sogenannte heulende Musik mit Basstönen in Überlautstärke, sonst passiert gar nichts. Nach einiger Zeit, wenn sich der Fahrer vergewissert hat, dass er beim Aussteigen neugierig beobachtet wird, stellt der Fahrer das Radio ab. Dann erscheint zuerst das linke Bein, dann das rechte. Beide stecken in modernen schwarzweissen Turnschuhen, danach zeigt sich der untere Teil einer dunkelblauen Adidas Bekleidung. Die Aussenseite dieses Beinkleides, im Volksmund „Trainer" genannt, hat einen oder mehrere „GT-Streifen". Diese können schmal oder sehr breit sein. Alex vergleicht diese gelben oder weissen Streifen immer mit der Schweizer Armee. Hier findet man diese Streifen ebenfalls, aber damit wird an der Uniform der Rang des Trägers dokumentiert. Nach dem unteren Teil des Trainers folgt der Bauch, Bauch, immer noch Bauch, mit einem letzten Ruck erscheint dann noch der Rest der Figur, der aussen rundherum rasierte Kopf mit dem schwarzen Rest Haare in der Mitte. Die ganze Erscheinung geht dann zwei Schritte vom Auto weg, bleibt stehen und begutachtet kritisch das tolle Fahrzeug. Ein Griff in die Hosentasche, mit dem gefundenen Taschentuch wird ein angewehtes Stäubchen wegpoliert. Nochmals ein kritischer Blick rund um das Fahrzeug und auf die Fenster der Häuser. Die Vorhänge haben sich bewegt, also hat sicher jedermann ihn und sein neues Fahrzeug wahrgenommen. Jetzt kann er, den Bauch voran und die Arme schwingend auf den Kiosk zugehen. Er wollte ja nicht nur sein neues Auto zeigen, er wollte eigentlich Zigaretten posten.

Der erste Treffpunkt für diese Herren ist am Sonntagmorgen immer die Autowaschanlage. Dort bilden sich schon früh vor den Eingängen lange Warteschlangen, man kann sich doch nicht mit einem staubigen Auto am nächsten Treffpunkt, dem Tankstellenshop zeigen. Weil es aber heute verdammt kalt ist, etwa 3 Grad über null, lässt man dort den Motor während den längeren Gesprächen am Treffpunkt einfach laufen. Nur mit einem Trainingsanzug bekleidet ist man nach einiger Zeit durchgefroren und benötigt dann einen vorgeheizten Wagen. Auf diese Art sehen und merken die Amigos sogar, dass man die Gesetze hier nicht achten muss und dass man Geld für Benzin hat. Sie können zugleich den neuen, lärmigen und deshalb verbotenen Auspuff begutachten. Möglicherweise wurden aber nur gewisse lärmdämpfende Schikane ausgebaut. Das Auto tönt jetzt wie ein Formeleins-Bolide. Mit einem kurzen, mehrmaligen Antippen des Gaspedals ist der Beweis erbracht. Es ist ja Sonntag, man hat Zeit und die Autos mit ihren röhrenden Motoren laufen einfach und verpesten die Luft. Für Alex und seinesgleichen ist dieses Gebaren verboten, aber die Gäste dürfen sich das alles scheinbar bussenfrei erlauben. In vielen Autos sind abgeänderte Auspuffs angebracht worden. Man muss keine spezielle Schule besucht haben, um dies festzustellen genügt ein normales Gehör, aber dagegen wird sicher nichts unternommen. Wir haben jede Menge Gesetze und Verbote, aber diese werden nicht erfasst und umgesetzt. Der beste Beweis ist doch das gefährliche und deshalb verbotene Fahren mit dem Handy am Ohr. Jedes zweite oder dritte Fahrzeug wird aber so gesteuert. Die Polizei, dein Freund und Helfer, drückt scheinbar beide Augen zu. Das wissen die Rowdies genau. Alex findet die Busse von 100.- Fr. lächerlich, damit erschreckt man doch heute keinen Menschen. Bei 1000.- Franken würde sich jedermann die Sache zweimal überlegen!

Alex macht noch mit der nächsten Runde mit, dann hat er das Gefühl, für heute hätte er genug. Mit einem „gute Nacht und bis Morgen" verabschiedet er sich und macht sich auf den Heimweg.

FSC
www.fsc.org
MIX
Papier | Fördert
gute Waldnutzung
FSC® C083411

Zeitfracht Medien GmbH
Ferdinand-Jühlke-Straße 7
99095 Erfurt, Deutschland
produktsicherheit@kolibri360.de